三民叢刊216

庚辰雕龍

簡宗梧著

三民書局印行

自序

我生於庚辰年，在十二生肖中屬龍，但我沒有呼風喚雨的能耐，也不曾以人間臥龍自許，只是雅好雕龍之術。如今甲子重周，驀然回首，感疇昔之志業，曠日經久，怎不赧然？

記得二十四年前，在政大中文系我擔任導師的班上，與學生們各言其志。我告訴學生們：我當年是基於寫作的興趣才進入中文系就讀的，嗣後在全省的創作比賽也曾有一些成績，但後來卻走上學術研究之路。不過在晉升到教授級之後，紓緩了撰寫論文的壓力，我希望還能回到創作的道路上來。

如今我取得教授證書已二十年了。一方面由於職責所在，對教學與研究都不敢稍有怠忽；另方面也因誤打誤撞，為漢賦研究打開了一扇窗，幸運地走出一條路，贏得一些掌聲。於是乎沈浸其中而流連忘返，在創作方面幾乎繳了白卷。

在這甲子重周的日子，我又興起尋回五彩筆的念頭，今後可能會放緩學術研究的步伐。

不過基於對鄉土的關懷，也為「現代賦」的理念作鼓吹，我將致力於《臺灣賦》系列的創作，其他的寫作計畫也還是無法進行。

數年前，三民書局劉振強先生看到我在《中央日報》副刊發表的散文，承其錯愛，邀約我出版散文集，我因篇幅不足成書而婉謝。如今雖然要重作馮婦，但既以《臺灣賦》系列為優先，要我的散文作品篇幅足以成書，就可能更遙遙無期了。於是企圖湊合以前零星的作品及評論，結集成冊，以期不負劉先生的盛情，並對當年的學生有階段性的交代。

本文集分四卷，卷一「驀然回首」是近二十年的散文作品，其中大部分是應報社副刊專題之邀而作，有一部分是應學生刊物之邀而寫。這些邀約，都有相當寬廣的選材命意空間，而且正好都是我內心有所鬱陶，所以才接受邀約，因此這些篇章都還不至於流於為文造情。至於自行投稿的部分，幾乎全是寓言式的極短篇。另外還有〈奶奶‧往生‧癌〉，寫的是我的母親，比〈父親的絕活兒〉篇幅還大，其實它是計畫中「一個人文學者給三個唸商科兒女的三十封信」的前四封，後來計畫擱置所以沒有發表，在此一併納入。

卷二「幼學摭談」，是民國六十九年六月到七十年六月，應《台灣新生報》「生活教育倫理週刊」之邀所寫的專欄文章。當時我為週刊撰寫「幼學摭談」和「了解千字文」兩個專欄，前者為《幼學瓊林故事》做現代的詮釋，文學性較高；而後者是對《千字文》做文字結構分析和文理的疏解，偏重客觀知識的解說，文學性較低，所以也就不在本文集收錄之列。

卷三「蘭竹文話」，大部分是民國七十三年十二月到七十五年二月，應《師友》月刊之邀所寫的散文評論，最後兩篇則是為《幼獅文藝》評析「政大道南文學獎」散文作品而寫。這些都是為單篇的白話散文作深入剖析，與一般評論作家風格的寫法有所不同。為顧及一致性，有關書評在此暫不編列。

卷四「犢耕拾穗」，算是本文集的附錄，這些全是三十五年前就讀大學階段的作品。當年如初生之犢，勤於筆耕，也因此與內人結了姻緣。如今那階段的作品已散佚過半，連得到全省文藝創作比賽大專組散文佳作獎的作品都已亡失。本卷所收，都是內人所保存，在此也算是為個人的成長留作見證。

在這甲子重周的日子，謹以此書獻給生我育我的先父　通祥府君、先母　阿允太夫人，以及與我走過人生蕭索處的內人林芳蘭女士。當然，情深的手足，騰芳的蘭桂，濟濟的桃李，都是我的支柱，是我極為珍愛的。由於生性拘謹，這些感念之情、摯愛之意，一向藏於心底，如今藉此表其萬一。

本書的面世，除感謝三民書局劉董事長的盛意之外，也感激《中央日報》副刊編輯吳月蕙女士、《台灣新生報》「生活教育倫理週刊」主編王鳳翎女士、《師友》月刊主編陳惠玲女士，沒有他們的邀約敦促，我可真的要繳白卷了。謹在此致謝。

二〇〇〇年三月　簡宗梧謹序於蘭竹軒

庚辰雕龍 目次

卷二 幼學摭談

卷三　蘭竹文話

卷四　犢耕拾穗

卷一

驀然回首

彼山還比此山高

一

民國六十五年五月二十六日，我通過了教育部的博士學位口試。當時我都快要過三十六歲生日了，卻還患得患失，考後有那峰迴路轉的欣喜，和臨淵履薄的戒懼。現在回想起來，我當時實在太緊張了。

我是以《司馬相如揚雄生平及其賦之研究》的論文，在那年一月二十四日通過學校的博士候選人口試，五月二十六日再通過教育部的口試。雖然兩次口試都獲得七票全票通過（當時依規定只票投通過與否，並不評分），氣氛並不緊張，論文中較大膽的立說，也都受到考試委員們的肯定，可是我面對七位師長三小時的會試，在冷氣設備故障的教育部會議室裡，不免汗流浹背。

過後，面對人們心目中對國家文學博士的定位，與各大報在地方版刊登的專訪，我的心理壓力還是很大的。

二

記得教育部口試那一天，從上午九時考到十二時。最先考問的是鄭騫教授，因百先生是我十分仰慕的詞曲宗師，他先問了一些辭賦方面的問題，因為是剛開始，我不免緊張過度，所以答得最不順暢，但他對我卻讚許有加，並寄予厚望。

他相當肯定我在荒僻領域中做全心的投入，對我論文中的若干新主張，深表贊同，並進一步提出補充，跟在學校口試時面對臺靜農教授一樣，接受他們考試，如沐春風，獲得不少的鼓勵與啟發。他還期勉我，要在這塊乏人耕耘的土地上，建立我的學術王國。他們的鼓舞，對我日後在這領域中繼續開拓，有相當深遠的影響；當然，也消除了在當時別的委員可能提出的質疑，使我在考試中，輕鬆了不少。

輪到張敬教授主問，原本是最讓我惶恐的，清徽先生以嚴謹率真聞名，當時傳言她常在口試時提出尖銳的批評，令人難以招架，但我的感受卻完全不同。她稱許我的博覽與論文的嚴謹，只是提出在司馬相如評傳中列「婚姻生活」一項，容易讓人誤以為這本論文是趣味性的書；求全的參考書目，羼列不入流的雜著，將使未能細讀論文的人，誤以為這本著述不夠嚴謹。雖是指瑕，但聽來還是很受用，而她的指點，也還真令我受用無窮。

在口試時，論文指導教授常成為考生的守護神，但並不是居中護航，而是穩定軍心。高明老師呵呵的笑聲，更能驅散凝重的氣氛，化解難以回應的尷尬，清徽先生的批評，也就在他呵呵笑聲中，顯得逸趣橫生。仲華老師不但是經師，更是人師，其獎掖後進的氣度與樂道人善的雅量，更非常人所能及。考生在考場有了他，就像漁民在漁船上供奉了默娘。論文的另一位指導教授是盧元駿老師，他對學生的照顧與付出，那是有口皆碑的，聲伯先生只參加我的校內考試，要不然此刻我又多了一位守護神。

王靜芝教授是博雅的學者，更是名劇作家、書畫藝術家。文人看文人，自是另具隻眼，所以談論司馬相如，方曙先生乃別有所見，與我所論，相映成趣，因此談論甚歡，也引發其他委員的討論，這時我倒成為插不上口的局外人。

司馬相如與卓文君的事跡，林尹老師有不同於我的評價，我因曾受景伊先生親炙，所以內心相當篤定，他除暢談所見之外，問的問題不多，我自能在對答時拿捏分寸。

擔任召集人的潘重規老師，我雖沒有修過他的課，但他考過我的碩士論文，在學校舉行的博士候選人口試時，又給了我很多的指導。石禪先生那天主持考試，最後由於時間已到，所以傾向於作最後的總結和提示，也就讓我輕鬆順利地過了關。

三

通過考試，緬懷往事，掩不住峰迴路轉的欣喜。

十八歲時，從臺中師範學校畢業，本以為自己的學生生涯已畫下休止符。當初絕沒想到：蒼天如此厚我，竟能以普考及格，考入大學夜間部，得以克服家境的困窘，可以繼續升學；接著還能再經碩士學位的取得，獲得政大講師的職位；後來又有帶職進修再攻讀博士的機會。

生命中第二個十八年，有一半以上的時間，都是在半工半讀中度過。此期間總為愛惜羽毛，備嘗艱辛。一方面要維持教學的品質，以維護學生的口碑；一方面要力爭上游，自己的課業絕不含糊應付，其中的甘苦，絕非三言兩語所能道盡。內子芳蘭與我同甘共苦了十年，其間為仰事俯畜相濡以沫，有很多足以成為小說的情節。此時，她的歡愉不難想見。欣兒九歲，珊兒七歲，倫兒五歲，沒有學琴，沒有學舞，沒能學畫，乖巧上學，健康活潑，差堪告慰，都似懂非懂地分享了喜悅。

但最喜形於色的，卻是感情內斂的父母。他們決定大張旗鼓地祭祖，還包括掃祭異姓血親的祖墳。父親從小繼嗣簡姓，從此不但喪失了家產的繼承權，也失去掃祭血親墳墓的義務與權利。如今他要比照古代考得功名返鄉祭祖的民俗，宣布要祭祖，親族不便反對，我相信這對父親來說，是別具意義的。

在親友道賀時，父親總是強調我進師範以後就幾乎不用他的錢，讀大學時都還寄錢回家，學位是我自己掙錢唸的，他沒有培植之功。但功不因推讓而少，譽不因爭取而多，他不矜不伐，反而得到更多教子有方的讚譽與滿心的歡喜。父親從事教育工作三十七年，我相信沒有比「教育成功」的讚美更令他高興的了。

記得當年讀初中的時候，無意中發現母親為我註冊繳費而變賣結婚戒指，於是決心讀師範以便及早回饋，但很慚愧的在我三十六歲之際，仍不能使父母甘旨無缺，當時看見他們滿心歡喜，自己也就欣喜莫名了。

回憶當時，雖不至於淺陋到顧盼自雄的地步，但那股峰迴路轉的自得，不也把學位視為成功的表徵？不也流露器小易盈之態？如今「回首向來蕭瑟處」，已如蘇東坡「也無風雨也無晴」那麼淡然，但當年讓雙親滿心歡喜，在「子欲養而親不待」的今天，仍覺得彌足珍貴。

四

當時之所以讓雙親滿心歡喜，是因為那時博士還算稀奇，在鄉下則更稀奇。有一位記者來專訪，由於資訊互通，各報地方版紛紛刊出內容類似的專訪。人怕出名豬怕肥，見報之後，有人寄送小禮物以表敬意，有人問問題以求解惑。或許以為博士無所不知，無所不能吧？其實以己所學，如何解眾人之惑？還有些人早有定見，卻寫信來請教，他所求的，只是要你附和而已。有人求聯對，有人求改文；古書有疑義要問你，詩句的出處也要問你，這些都帶給我困擾與壓力。由於維護名器的念頭，我一直懷著臨淵履薄的戒懼。

到了六月下旬，政大舉行畢業典禮，前李副總統元簇先生當時擔任政大校長，在典禮致詞時表示：學位只是追求學問過程中一個階段性的認定。獲得學士學位，只表示你對該學科已具備基本的知識；獲得碩士學位，是表示你對該學科已具備研究的能力；獲得博士學位，也只表示你對該學科已具備獨立研究的能力，從此不必再由老師指導，自己可以獨立進行研究而已。

當時李校長元簇先生的話，是告誡所有畢業生要不斷地充實自己，不要自以為學有所成而志得意滿；但對我來說，他的話卻像是一顆定心丸。因為面對浩瀚的中國文學領域，我擁有所謂國家文學博士的名銜，原本十分心虛，如今確定博士學位只是表示具備獨立研究的能力，那我內心就篤定得多了。我需要的是步步為營，而不是臨淵戒懼，我還有漫漫長路要走，我還要邁開我的腳步前進。

如今將屆滿人生歷程的第三個十八年，回顧前塵，檢討舊作，發現當初的確只是完成奠基的工作而已。由於這些年來還能孜孜從事，真積力久，累積了一些成果，建立自己的金字塔，為這一學術領域拓展了一點視野，或可不辜負當年恩師的指導與鄭因百先生的期許。

五

這些年來，我深深感覺到：正如王陽明所謂「山近月遠覺月小」的道理，在群峰並立的情況下，人們總以為眼前自己正在登陟的山是最高的，但當我們登上了巔峰，就不難發現：原來彼山還比此山高。

我為學的歷程正是如此。當我突破幾層障礙，完成若干階段，便不免興奮緊張，但當我再循序漸進更上一層，卻顧所來徑，就不免啞然失笑了。

登山的人可以登泰山而小天下，做學問的人也可以在進程中領略到不同的境界；但學問沒有泰山，這可能是從事學術研究工作者的遺憾，卻也可能正是它迷人之所在。

〈彼山還比此山高〉裡的全家福

如今全家福

結緣　絕緣

一個成功的教師，可影響很多學生與他所教的科目結緣；一個失敗的教師，也影響很多學生與他所教的科目絕緣。

對一個可塑性高而又具有潛力的人來說，進入大專是他人生方向的最重要關鍵。選了什麼科系，於是決定了他一生的發展方向。然而一個人志趣的產生，大多是中學階段種的因，而後影響其科系的選擇。在眾多因素中，老師可能是最重要的關鍵。尤其鄉下的孩子，在缺乏其他資訊供給的情況下，更可能因其學校的師資條件，使他們與某些學科結緣，或與某些學科絕緣。

記得我小學的階段，是以作文和算術，展露鋒芒。當時我並不以語文能力見長，只是作文較有創意而已；數理才是我的專長，尤其刁鑽而千變萬化的問題，常是由我識破迷陣，首先得到解答。當時算術中的植樹問題、行程問題、雞兔問題，我都解得十分有趣。可是在初中時，我的數理成績卻很差。

初中階段我讀的是當時全縣唯一的省立中學，對我來說卻是一段非常不愉快的學習歷程。

我們班遇到一位留學東京帝國大學削髮而歸、言行異乎常人的幾何老師，他認為課本前半本很簡單不必講，第一節便開始畫圖講證明題，接著教我們的是農科畢業卻數理全教，幾屆校友公認教得很差的老師，基本學養不夠，在課堂之上窘態百出。初中三年教我們數理的，除一位還差強人意之外，幾乎都是全校口碑最差的。初一的英文老師還不錯，至少非常認真，但他有口吃，一堂課下來總是滿頭大汗。當時學校用的是中華書局直接教學法的英語讀本，我們鄉下來的小孩，根本不識二十六字母，不知英文為何物，而老師第一堂課不教字母，不講拼音，就教語彙和會話，就教："This is a book." "This is a box." "I am a teacher." "You are a student."我根本不知道什麼跟什麼，老師一節課一直只是反覆那幾句話，不說中文，忙著東指西指，又是實物又是動作，我卻直望著一個個不會唸的字母發慌。城裡的同學早已熟讀字母，我們卻為字母大寫小寫、書寫體與印刷體，弄得七葷八素，課後又沒人指點，連該怎麼努力都不知道。整體來說，我初中階段英數理都學得很辛苦，但基礎太差，事倍功半，也就註定與它絕緣。

我真正與文學結緣，使我後來投入中國文學學術研究的領域，應是我讀師範的階段。初中畢業時，我的成績並不理想，卻考入相當難考的臺中師範，那是因為考師範不考英文，而數學又特重算術的緣故。那時中師校長黃金鰲先生，曾是體壇健將，擔任過北師大訓導長，他在週會所講的，都是中國的心性之學。那時我似懂非懂，但人生問題的思考、文化精神的探究，於焉開始。然而影響我志趣最大的，應該是教我國文兩年多的陳光棣先生。陳老師出身輔仁大學歷史系，教國文原本是撈過界了，但他卻影響我走上研究文史的道路。

印象中最深刻的一次，是他所規定的作文題目：「我還有什麼面子呢？」那是因為前次作文課，他命題後就下樓忙他總務主任的工作，同學好玩，大多隨便交差，所以他大為光火，要我們痛加檢討。我把它寫成一場夢，將班上兩位同學因犯過被飭令由家長領回的境遇，寫成夢中自己的遭遇。文中詳寫友情、親情、寫其悔恨與汗顏，醒來淚痕猶在，被同學取笑，就以夢中的羞愧與醒後的羞赧，扣緊題目。這拂逆老師原旨的創作，卻獲得極高的評價。此後我的作文常被展示，我也就自以為很有天分而努力從事。嗣後，我被指定整理週會專題演講的稿子，全是犧牲自己睡眠去做的。那是我第一次用錄音機，當時只知器材昂貴，所以戰戰兢兢，其情景至今記憶猶新。陳老師也曾利用假日帶我和另一位同學上館子犒賞，那是我平生第一次上館子，其美味畢生難忘。

同時他不要求我們背古文，也沒有給我們課外指導，所以談不上厚植我們國學的根基，但那份知遇之情，使我做更多的投入，嘗試文藝創作，考大學時也以中文系為唯一的志願。此外，他理性的態度、懷疑的精神，與批判的角度，也影響了我。他極力批判不合時宜的冬烘，幽默地挖苦權威、奚落古人，卻時時流露著淑世的情懷。在他身上有些胡適之、梁任公和林語堂的影子。後來他到清華大學講授通史，聽說十分叫座。至於我，進大學中文系後，除參加創作比賽之外，已將大部分的精力投入國學領域，上研究所以後，就更少寫作了。雖然路數已異，但當初即以研究文學為職志，除黃校長外，陳老師的影響，的確是很大的。

此外，值得一提的，是師範三年級的導師何榮先生，當時他在視聽教育方面深具權威，我在教育學科方面的表現也不差，師範畢業，年甫十八，即考取公務人員教育行政類科的普通考試。但我放棄高考而考大學，不考教育系而考中文系，他不惜菲薄自己的專長，說「學教育不如學中文」，又說學貴專精，學教育不免觸及心理學、行政學、統計學或文學、史學，但都沒有人家深入。其實他只是尊重我的選擇而鼓勵我。這令我深深感動，暗自下定決心，不要辜負他的期許。

其實我雖研究中國文學，但始終沒有離開教育的崗位。我時時自我惕勵，戒慎小心。因為我可能啟迪後學、造福學子；也可能杜絕學生一條可發展的路，扼殺一個可造之才。回顧前塵，雖然對某些老師不免有微詞，但我無怨，因為我畢竟遇到不少好老師，使我走出一條屬於自己的路。當年他們對我的獎掖與激勵，我一直都充滿感激。對中文系畢業將到中學任教的學生，我不免殷殷告誡：多少學生可能因你而與國文結緣或絕緣，這是何等大事，豈能掉以輕心！

一念

大約兩週以前，我在公館公車站等車，一個年約三四十歲留平頭一臉智能不足的模樣的人，輕拉著我的衣袖，期期艾艾地說：「先先先先先……生生生生，請請請……問問……你……」幾乎每個字都要連冒七八個音，好不容易才表白他沒車票回去，要我給他七塊錢。那時我身上沒有零錢，卻有一張還剩兩格的公車票，就送給他。問他知不知道怎麼回去，他說他知道，看他邁著鴨子似的步伐離去，內心總不免有些掛慮。

上週我又在同一地點等車，也是下午五點多，正值人車擁擠的時候。又有人輕拉著我的衣袖：「請請請……問問……你你……」回頭一看，怎麼又是他？內心泛起一絲被欺騙的不快，不待他說明來意，就問他是不是沒帶車票，說我曾經給過。他一溜煙竄入人群，失去蹤影，行動之矯捷，無異常人。我手中握著掏出的零錢，為他智能不足，或是我智能不足而迷惑。

隨著，我責怪自己氣度太小，太刻薄了。就算他裝模作樣，騙一點零錢，也夠可憐的，又何必當面拆穿？才給過人家兩格車票，有什麼資格給人難堪？使我在車上一直怏怏自咎。

下車後，在地下道看見肢體殘障者在賣獎券。心念一轉，想到那個人假如因我一時不夠厚道，使他不再依賴他人廉價的同情，而能自力更生，這未嘗不是一件好事。於是我的步伐就輕鬆起來。

回家把這件事告訴內人。她常遭扒竊，對社會寄生蟲深惡痛絕，她說：「只怕他既不感到難堪，也不會改過，只怨今天太倒楣，所以會提醒自己：以後小心些！」

想想：自己的悒悒或寬慰，只是一念間，端看自己怎麼想；為善為惡，改與不改，也是一念間，端看自己怎麼決定。一個人何去何從與成敗得失，何嘗不都是一念所致？

波光

日出已三竿，吐露港岸邊的粼粼波光，這時還反射到山頭，像躍動的火花。汽艇過處，更見一道晶光閃爍。來做客的幾個稚童驚呼著：

「水裡好多小星星！」

「白天哪有星星？那是放焰火！是那隻船放的。」

另一個說：「白天哪會放焰火？我們下去看是什麼？」

來了一個較大的，鄙夷地說：「傻瓜！那是陽光反射，你們下去看就什麼都沒有了。」

幾個小的不相信，還要下去看。

我對妻說：「一個現象幾個目擊者都說得不一樣，看來親眼所見的人說的話，也未必可信！」

妻卻說：「見識多了，有趣的事就少了！」

想起入定的老僧，我說：「有趣的事少了，未嘗不是好事，因為心中的牽掛也少了。」

妻說：「那人生就更乏味了！」

香江散記

名牌

據說香港是購物者的天堂！這一年在香港中大任教，妻每一次來，都不免為孩子們買衣物，而且總是投合他們的品味，挑款式，選名牌。

款式我常有意見：「現在年輕人所喜歡的款式，不是寬長得離譜，就是狹短得可怕。」妻的理由總是：「流行嘛！你總不能用你的標準買一些他們認為土氣的，買了不穿不用吧？」

挑名牌我認為不合經濟原則：「同樣的款式，名牌的料子雖然好些，但貴了好多倍，實在不合算！」

妻也有理由反駁：「人家品質好一些，就該貴很多！買名牌對有信用的廠商是一種肯定，這才能鼓勵商品精益求精，就像你比人家多唸幾年書，多寫幾篇論文，香港政府就肯給你比一般中學教師多好幾倍薪水是一樣的！」

我還有另外的理由：「我穿好的西裝，就不免考慮坐的位子不夠乾淨；戴了亞米茄錶，常使我伸手做事有了顧忌，簡直是為物所役，所以用名牌反而不自在。」

妻不以為然，她說：「那是你自己不夠灑脫，才會為物所役，才會不自在！」

我又加以補充：「自從我戴了名錶，我會不由自主地注意別人戴什麼錶，就像有幾個開自用車的朋友，他們都承認：在自己買車之後，就注意起別人開什麼牌子的車，覺得自己都庸俗起來了。」

妻依然有她的理由：「但你不能否認：有比較才有競爭，有競爭才有鬥志；有鬥志才會進步！你不屑於比用物和穿著，但你們也在比論文比學問！對一般人來說，衣物的品味代表消費能力，消費能力反映收入的高低，收入的高低正是個人成就的指標！」

我終於可以有力的反駁：「收入高不見得就是個人成就大所致，有人靠祖蔭而不必努力，就可以居高位，享有高收入！」

但妻說：「有人得到酬庸的名位，就一輩子享用不盡呢！那是另外的問題，工商業社會就是由商品決定價格。」

我振振有辭：「愛因斯坦以領帶為皮帶，就到研究室，傳為美談。只有本質欠佳、缺乏內涵的人，才需要外在的粉飾。用名牌可能是窮措大，樣樣都要用名牌的人，可能是自卑感作祟！我們小孩不會是這種心態吧？」

妻沒好氣地說：「愛因斯坦是專注工作，而懶得去找皮帶，要是他買不起皮帶而用領帶代替，那就不是美談了。至於我們小孩，唉！你該放眼看看這社會，他們已經是在同學中名牌品最少的了。相形之下，只要不被狗眼看人低，只要不自慚形穢，就阿彌陀佛了！」

晚上我夢見我回到臺北，早晨去蹓狗，看見別人牽著以金縷為狗衣，以白金為鈴鐺的狗，對我狂吠，而我家的萊比竟然低頭不敢吭氣。我雖然很不屑，但也考慮為我的狗買那套名牌裝備，可是我出不起那個價錢！

生活和工作

從太平山上遠眺，看香港島周圍舟艇鼓浪，密佈的公路網車行如織，再想到九廣鐵路和地下鐵三兩分鐘一班的列車，都載滿了匆忙的人群。妻不免感慨地說：「果真是：熙熙為名來，攘攘為利往嗎？」

我說：「其實他們大半沒有厚利可圖，也絕少有榮名可求，只是為了工作，只是為了生活！」

妻喟然而歎：「可不是嗎？人們早晨衝出蟻窩似的高樓，湧入蜂巢似的大廈！黃昏又從這大廈湧回那些高樓，周而復始，到頭來呢？」

我不以為然：「這周而復始就像血液的循環，洶湧的人潮象徵香港充滿了蓬勃的生機，來往的節奏呈現著生命體的律動。至於新陳代謝，那是無可避免的！也是必須的！」

妻喃喃地說：「人之所以異於蜂蟻者幾希？」

我說：「當然啦！假使我們對工作沒有半點創意和期許的話，那就和蜂蟻沒有區別了。」

妻接著說：「假使我們對生活沒有些許情趣和尊嚴的話，那才沒有分別呢！」

霧

這兩天沙田山上漫天的雲霧，時濃時薄，陣陣飄過，忽而零雨迷濛，忽而微陽乍見，天潮潮地濕濕，牆壁出了汗，瓷磚凝了露珠。

妻說：「你終於親身領略了余光中沙田山居：『滿地白雲，師生衣袂飄然，都成了神仙，我登上講壇說道，煙雲都穿窗探首來旁聽』的雅趣了！」

我說：「怕風濕的人會說：『漫天瘴癘，濕透了我的衣裳，沁侵了我的肌骨，關節在向我抗議，呼吸器官也向我發出求救的信號了。』在路上開車的人必須更戒慎小心；航海的人可要全神貫注，高度戒備了。」

妻忽然說：「一九九七對香港不也是一場大霧嗎？」

我也有所悟：「可不是嗎？固然有人擊節稱快，但很多怕這場大霧的人，都準備遠走高飛了。不過在大霧的時候，很多人必須照常工作的。」

妻說：「此霧非彼霧，歌頌那場大霧的人，大概難以將它寫得詩情畫意吧？」

妻的裡〈記散江香〉

父親的絕活兒

一提到蛇，我就想起父親。

父親一生獻身國民教育，卻有一項與他工作不大相稱的技能——捕蛇。在他所服務過的六所國民小學，都有他親手捕捉並製成的蛇類標本。

父親捕蛇的本事，不是祖傳絕技，也沒有名師指點，只緣生長在農家，小時候每天課餘都得放牛，得到牧童代代累積的經驗，和時時實習的機會。父親最津津樂道的是打「飯匙倩」（眼鏡蛇）的故事，這種蛇自恃身懷劇毒，霸氣十足，不輕易開溜，人們可以從容選好方位，用長竹竿在牠面前撩撥，激怒牠，使牠挺起前半身，昂首吐信作攻擊狀，此時只要對準頭部，猛力揮掃，就可以把牠甩得好遠好遠。父親說到這裡，作揮捧打出全壘打的姿態，然後套入當老師的說話公式，引申到「人們過於自信，也會自取敗辱」的道理，這是我們耳熟能詳的。

母親不喜歡父親說捕蛇的事，怕我們以為捕蛇容易而有趣，不免躍躍欲試。其實父親每一次都提醒我們：「蛇類繁多，習性不同，捕的方法也就不一樣，用竹竿打，蛇還可能順著竹竿竄上來，絕不可輕易嘗試。」

他還說：最好不會捕蛇，長於捕蛇玩蛇的人，藝高膽大，往往一時疏忽而死於蛇吻，就像在鄉下溺死的，常常是會游泳的人。不會捕蛇的人，看到蛇就逃避，自可平安無事；會捕的就不免技癢而涉險。一般蛇類你不去侵犯牠，牠就不會主動攻擊你，所以父親寧可讓我們怕蛇，可免蛇吻之厄。

至於不經意踐踏而被襲，事出突然，縱有捕蛇本領，也無濟於事。他說萬一被毒蛇咬了，要趕緊綁緊手腳傷口的上端，阻止血液的流通，只要口腔沒有傷口，可以用口吸出毒液。他的結論總是：學會捕蛇，只會增加危險，而不能保障安全。還說：「反正有我會捕就好了。」這時他臉上流露的不是「捨我其誰」的豪情，也不是「無所規避」的無奈，而是為子女擔當危險的篤定。

父親深知捕蛇的危險，常說蛇固然會捕食青蛙，但也捕食鼠類，未嘗無益於農作物，更可以維持自然界的生態平衡。那他為什麼要捕那麼多的蛇作標本呢？這問題我曾問過，他說：「住在山裡的小孩，應該要認識蛇，才能知所防範，萬一被咬，也可因毒性的有無，採取不同的措施。當年小學自然課本對蛇的介紹很少，也沒有圖片，更沒有電視這些傳播媒體，課堂上向學生講解，用言語形容不如實物，所以需要製作標本。」父親沒有讀過《左傳》，但這正是《左傳》宣公三年，王孫滿答楚莊王問鼎，說夏禹「鑄鼎象物，百物而為之備，使民知神姦，故民入川澤山林，不逢不若」的道理。

父親捕蛇，有時也為實際的需要。民國卅六年秋天，他擔任南投縣名間鄉弓鞋國民小學校長。開學不久，得知在學校左側的路上，常有大蛇出沒，有人發現蛇洞就在路邊梯田的石罅中，使得膽小的學生都不敢上學。

那天快放學的時候，父親率領兩位男老師去捕蛇。不久之後，就看見他和另一位老師，各抓住一條大約五公分粗、兩公尺長的蛇，立刻驚動了全校的師生。那時全校三四百人擠成一大圈，遠遠圍觀，人群就像探照燈的光束，以他們為中心，緩緩移動到辦公室前的樹下。蛇掛了起來，扭曲著蛇身，因為太大了，不能泡製標本，就在那位老師的協助下，父親把蛇皮從頭到尾緩緩剝下，然後斷尾。小學生吱吱喳喳七嘴八舌，有人說：「蛇皮可以套拐杖吔！」有人說：「可以製皮帶。」這時蛇身仍蠕動著，留在皮端的尾巴，就像被切斷的蚯蚓扭動著。

那時我才二年級，不怕活蚯蚓卻怕死蛇尾，因為有個同學說：「它會跳起來鑽到人的鼻孔裡。」使我不敢靠近，這時我站在遠遠的地方，沒有人注意我，我又不好向別人炫耀：「抓蛇的是我爸爸！」因為這是全校都知道的。當時雖然不大能分享到父親的榮耀，晚上卻享用了一頓鮮美的蛇湯。

吃父親所煮的蛇湯，我應該還有一次的經驗，只是那時太小，完全沒有印象，而由母親和姊姊告訴我的。說我五歲時，皮膚常生皰瘡，依民間流行的偏方，只要喝毒蛇湯就可痊癒。那時日本人為了戰爭，搜刮物資，人們即使有錢也買不到食物，蛇又何嘗能買得到？父親聽說山上有人見過三四尺長的毒蛇，所以利用假日獨自上山探蛇蹤，去了兩次才把蛇捕捉回來。那是日本投降的前一年，大姊才十八歲就出嫁，雖然婚禮從簡，也得請至親好友，於是向左鄰右舍挪借以「兩」計算的配給票，事後按月逐家奉還，因此全家數月不知肉味。那次捕蛇回來，不但治我的皰瘡，也使全家大快朵頤。在白米飯都吃不到的情況下，喝一碗蛇湯該是何等的享受！

在我記憶裡，父親捕蛇一向手到擒來，從不失手。但其中有一次，大概是民國四十二、三年，我們住在南投縣中寮國民小學的宿舍，我已是初中生了。有一天晚上，父親在燈泡前檢查一窩孵過幾天的雞蛋。看它是否能照見血絲或雛形，如果沒有的，就表示它不是受精卵，再不下鍋就會壞了。那天他發現蛋少了兩個，懷疑被蛇吃了。

第二天中午時刻，鴨鵝一陣喧嘩，母雞更驚嚇得亂叫。父親要我們趕緊關起門窗，躲到屋內，他抓了一根曬衣服的竹竿，跑到母雞孵蛋的屋簷下，我們趕緊湊近窗子，但窗戶下半都是毛玻璃，我們只得把臉貼在上層透明玻璃上。只見父親一竿把牠勾掃出來，一條長約一百六十公分的蛇，迅速向父親攻擊。父親面對著蛇，向後一左一右連跳了三步，這是猴拳的後退步式，然後一出手就用竹竿壓住了蛇頸，蛇立刻蜷曲翻轉。「咔嚓」一聲，竹竿因朽蠹而斷裂，蛇很快地竄向後院牆角，從破洞鑽出牆外。

一場人蛇鬥，雖然勝敗立分，但我們好緊張，父親卻輕鬆地說：「好大的『龜殼花』，竄得太快，今天吃不到蛇湯了。」其實我們才不在意蛇湯，這時我鬆了一口氣說：「原來捕蛇，連猴拳的招式和長捶的功夫，都派上用場了！」父親高興地說：「這是熟能生巧，學得的總是有派得上用場的時候，讀書不也一樣嗎？」小弟扮著鬼臉說：「又來了！」

小一點的時候，並不懂得為父親的冒險而擔心，只覺得有父親在，我們就很安全。以前走山路，每逢荒煙蔓草，父親總是拿一根竹竿走在前頭打草驚蛇，但驚走的大多是有警戒色的蜥蜴，和稱為「蛇醫」的四腳蛇。小蜥蜴大多鑽入草叢，失去了蹤影，四腳蛇仗著有保護色，常只逃幾步路就停在樹幹上昂首看我們。父親有一次表演了牧童的絕活，剝取芒草葉的主脈，打成活結，套住四腳蛇的頭，使我們又驚又喜，很有蠻荒探險的刺激。逮到四腳蛇，就有獵人活捉鱷魚那麼興奮。

後來讀《說文解字》，「父」字作「[illegible]」，解釋為：「巨（矩）也，家長率教者，從又舉杖。」是一家之長以手（又，是右手的象形）舉杖教導子女，使家人舉止進退都合於法度。段玉裁還引《禮記・學記》：「夏楚二物，收其威也」，說明「父」舉的是榎杖和荊條，藉懲罰以建立權威，把「父」解說得好嚴峻，羅振玉就依據鐘鼎文的形體，說「父」舉的是「炬」不是「杖」，父就是引導子女走向光明的人，感覺上要溫煦多了。還有人說：「父是斧的初文」，拿的是斧頭，那就更可怕了。但在我的記憶裡，父親拿的是竹竿，它不是用來立威，而是用來趕蛇打蛇以保護我們的。

父親雖然能捕蛇，但平常並不以捕蛇打蛇為樂。我們後來一直住在中寮，校長宿舍的院落很大，常有蛇蹤，聽到小青蛙被蛇咬住所發出的哀鳴，父親總是去查看是什麼蛇，當然絕大多數是沒有毒液的草花蛇。他早先還丟個小石子把牠嚇走，讓牠以後不敢再來，但到後來也都任其在花叢棲息、在屋外穿梭了。

如今父親已過世八年，他所泡製的蛇類標本，可能早已廢置，但在我的心版上，仍深烙著他當年為學生捕蛇、為子女趕蛇的身影，腦海裡常想像他捕蛇可能遭遇的驚險。所以一提到蛇，我就想起父親，想起他說過的話，想起他說「家裡有我會捕蛇就好了」，那篤定的神情。昔日認為已成公式的告誡，現在回想起來都覺得親切有味，只是再也沒有聆聽的機會了。

母父的裡〈兒活絕的親父〉

奶奶往生癌

一

欣、珊、倫：

奶奶走了，走得很安詳！助念十二小時後，她露出一週來所不曾見到的笑容，應該說她已往生了。奶奶信佛很虔誠，從早年起就全年早上及農曆初一、十五全日吃素齋，一生又慈悲為懷、行善為樂，晚年有較多的閒暇，更每天持佛珠念佛，阿彌陀佛應該會把她接到極樂世界去的。我們希望能助她一臂之力，也準備吃素四十九天，你們應該不反對吧！

早年要不是爺爺說她營養不良，不准她完全素食，否則她早已吃長齋了。爺爺過世後，她皈依佛門，卻又體念我們專為她準備齋飯，會增加太多的麻煩，所以只維持以前的習慣；我們為她的健康，也不贊成她完全素食。如今聽佛家說「眷屬素食有助於亡者往生」，為了奶奶好，我們不該有任何的懷疑，就盡這一份心吧！

奶奶一生都先考慮別人，事事為別人著想，好吃的、好用的，她自己捨不得享用。以前她煮飯時，總是有千百種理由，要別人先吃，自己最後才來吃殘羹剩飯。那時你們的叔叔姑姑和我年紀還小，都希望她跟我們一起吃，倒不全然出自孝心，當時家庭經濟條件差，餐桌上菜色少，菜量也少，小孩又多，一樣菜每人夾兩下就沒有了。如果奶奶不在座，我們便要很節制，不能把菜吃光，總要為她留一些。如今我們想為她多留一點而不可得，為她的往生而約制自己，誠心地為她吃齋念佛，是理所當然所應該做的。至於你們為孫子輩的，看在奶奶那麼疼你們的份上，也就把它當做訓練自己「為別人著想而自我約制」的機會吧！

奶奶有好的東西，一定都先想到別人。你們都看到的，她每次出國很少為自己買東西，要送給別人的禮物卻買了一大堆；在街上看見新奇的東西，就會想到親人中誰會喜歡它或需要它。她自己省吃儉用，對別人卻很大方，這跟你們這一代的年輕人強調自我，是大異其趣的。

不過這次珊為奶奶在龍山寺許願，只要奶奶胰臟癌末期不劇痛，她願吃素一個月，令我相當感動。一般來說，沒有受洗或皈依的知識分子是不會在教堂或寺廟許願的。我自己就不曾如此，認為許願只能對自身的精神產生穩定或激勵的作用，無益於他人的病情，而且對神是不可以講條件的。我相信珊也是這樣想，但她聽說胰臟癌末期是如何的疼痛，連醫生都無能為力，在焦急而無計可施之餘，只有求助於神明。這做法不見得聰明，但其心可感。對於不習慣素食的人來說，吃齋一個月是相當不便，也是相當痛苦的，為奶奶而自願承受，的確難得。

奶奶果如珊所祈禱的，沒有發生劇痛。當然這並不見得是珊的許願發揮了功能，如果對遺體作解剖或檢查，或許會有進一步的答案。你們也許會感到疑惑，我既然認為奶奶胰臟癌不劇痛，不見得是珊許的願發揮了功能，為什麼一個月前卻主張珊應履踐她所發的願？

我相信你們一定記得季扎掛劍的故事，季扎看徐國國君那麼喜歡他的寶劍，心中默許要在回程拜訪時，把劍送給徐君。但季扎回程時徐君已死，乃「解其寶劍，繫之徐君冢樹而去」，別人勸他不必這麼做，他卻說他不能「以死倍吾心」。珊面對的是在心目中能幫助你的神明，你向祂許願，事已如其所願，是不是仰仗祂的威靈既無法驗證，那就應該本著誠信原則還願才是。

你們三人都讀了商科，誠信是你們以後從事商業活動所應遵守的基本原則。或許你們會說人家不是講：「現代的人什麼都吃，就是不肯吃虧」，以及「無奸不成商」嗎？其實那都是不入流的商家和商人才會如此，古今中外的商界聞人，誰不致力於信譽的建立？誰不標榜其商譽卓著？你們自當法乎其上。孔子說：「富與貴，是人之所欲也，不以其道得之，不處也；貧與賤，是人之所惡也，不以其道得之，不去也。」誠信應該是其所謂道的一部分，只有以誠信所建立的商譽，才能歷久不衰，只有以誠信所獲得的利益，才能享之長遠。何況其所謂「無奸不成商」，只是外界挖苦商人或奸商自我開脫的話，豈能以此自許？就像有人以「哪有貓兒不偷腥」說男人，但男人豈可因此縱容自己趨於下流？

追求利潤是商業行為所致力的，也為古代聖人所不禁，孔子還說：「富而可求也，雖執鞭之士，吾亦為之；如不可求，從吾所好。」他所說的「富而可求」，自然是本乎誠信的正當方法。我當然希望你們將來都能建立信譽卓著的企業王國，而誠信的修為，應重「慎獨」的工夫，所以我主張珊要不折不扣的還願。只是許願的事不可一而再、再而三，我們畢竟要靠自己的力量，不可托付於鬼神。

珊一個月的素齋將屆，四十九天的素齋就已開始，時間是長了些，這段期間你們在外用餐，可要注意營養的均衡，弄壞了身體，奶奶若死後有知，一定會心疼的，那也是有失孝道的。守喪期間不免亂了平常的生活的步調，你們可要努力調適，自我珍攝。

父字　十一月八日

二

欣、珊、倫：

早上看到倫留的字條，我很感動，也很安慰。我會注意我的身體，正如我前封信所說的，這也是孝道。我晚上的咳嗽聲，一定影響了倫的睡眠，你們都正在期中考呢！

奶奶剛過世，我就患了重感冒，就像十三年前爺爺過世，我也病了。當時因體力透支，不少毛病一一浮現。爺爺患的是肝癌，榮總醫師主張開刀，照過電腦斷層及動脈攝影，可是剖開之後，發現腫瘤已擴散，無法摘除，於是又縫了回去。當時我感到能盡心之日短，多照顧一天，或多與他相處一分鐘，都是以後不可再得的福分，所以我盡其所能，把所有能空出的時間全部投入。尤其他住進臺大醫院的最後階段，常需一至二人照顧，那時正逢寒假末期，你們二叔三叔四叔全在公司上班，姑姑在南部教書，媽及嬸嬸都已開學，雖然也都抽空甚至請假來照顧，只因大學開學較晚，所以我最有空，幾乎日夜守護。後來又為喪事奔忙，堪輿師找墓地再三折騰，辦完喪事我幾乎崩潰。那時你們還小比較不懂事，否則會更不忍心呢！

這次奶奶病重，因欣遠在國外，珊又住校，整個過程或許不夠清楚，所以藉此略談一二。在最後階段，姑姑從美國趕回，三叔從阿根廷趕回，奶奶出院後這五十多天都住二叔家，二叔悉心照顧，他們都全心投入，你們看我每天上班，又都在下班後去陪奶奶，顯得奔忙憔悴，其實他們更盡心盡力呢！

如果把醫病也視同投資的話，或許我們做了太多無謂的投資，所有投資都患了缺乏正確評估的大忌。因為胰臟癌目前無藥可醫，我們卻費盡心力去遍尋名醫，也讓奶奶試服我們平常不大相信的偏方，只因我們不肯放棄最後的希望。

如今是有點後悔沒有遵循趙遐父大夫的話，趙大夫不願評估手術的安全率，也不肯告訴我們手術後的治癒率，他的想法很簡單，手術是唯一有痊癒可能的醫療方法，要考慮的只是救或是不救，醫療不要被醫學統計數字所左右，即使是九十九比一，你仍可能是那幸運或倒楣的百分之一。我們當然要救，可是其他的名醫都因奶奶已八十一高齡，體重不到四十公斤，認為她根本無法承受那麼大的手術。

從電腦斷層攝影看來，奶奶胰臟的頭部，呈現三顆葡萄狀的腫瘤，應已擴散。那兒是消化系統管道的總匯處，彼此牽連，即使腫瘤未擴散，手術至少要摘除胰、膽，切除一半以上的胃，以及輸往肝臟的管道，全用小腸來改接，是腹腔手術中工程最浩大的。即使手術本身順利，引起其他併發症的可能性仍然極大；即使不引起併發症，日後的生活品質也極差，可能離不開病床。這不免使我們猶豫起來，這是以自己母親生命為賭注的手術，是多麼難以定奪。

以前爺爺患了肝癌，我們沒有隱瞞病情，是否接受開刀，由他自己決定。因為他服務教育界三十七年，有相當豐富的醫學常識，他有武功的底子，身骨硬朗而心性開朗，他願意冒險而接受開刀，是我們預料中的事。但當剖開沒有摘除，我們卻沒說出真相，而告訴他手術成功，以維持他的求生意志與開朗心情。

至於奶奶，鑒於爺爺原本硬朗，開刀後臥床兩個月即告不治，所以當我們告訴她胰臟結石需要開刀時，她堅決反對。她說如果是癌，那是絕症，何必開刀？果真結石，寧可吃藥，絕不開刀。她說她的身體她最清楚，是經不起折騰的。我們所諮詢八位名醫，結果以七比一反對摘除，我們所必須仰賴的外科醫師，反對尤為堅決，其中吳堯仁主任他自己的父親還是因胰臟癌過世的呢！我們只好遵從奶奶的旨意不勉強她上手術檯。

奶奶多愁善感，我們只好隱瞞病情，但沒有放棄希望，一方面希望那腫瘤是良性的，一方面到處訪求藥石，讓她服用日本進口的丸山疫苗(P.S.K.)，以及大陸研製號稱藥效良好的中國天仙一號和鴨膽子油，我們希望延長她的生命，只要有一點功效，在花費方面在所不計。

醫病固然可以講求「以最少花費獲最大效益」的經濟原則，但沒有辦法評量投資報酬率，我們甚至無法估算那些花費到底為奶奶延長了多久的生命？何況生命是無價的，所以不是所有的投資回收都可以量化的。

在這講究科學方法的時代，應用統計予以量化是時勢所趨，它可以使人有較明晰的概念，俾便作較精確的判斷。可是它不是萬能的，親情不能量化，孝心無法量化，精神力量無法數據化，人文教育的效果不能數據化，這些不能量化的東西，卻是確實存在而且是重要的。何況即使能量化的，也常只是提供決策的參考，就像趙大夫所說：你怎麼可以確定你不會是那百分之一呢？這不是僥倖心理，而是在樂觀氣氛中不失其審慎的態度，在艱困環境中不失其昂揚的鬥志。

我們很遺憾不能使奶奶成為胰臟癌治癒的特殊個案，在發現後的三個月，如醫師所預期的，出現膽管阻塞、全身泛黃、糞便變白的症狀，於是住進臺大醫院，做了較簡單的膽管移道手術，這時發現癌細胞已擴散，腹腔有沙粒狀，肝臟也呈現顆粒狀，已知藥石罔效，回天乏術了。不過她從發現症狀到過世，足足六個月，已超出醫生的預期，而始終沒有劇痛，又成為相當特殊的案例。從醫學的立場，一定很希望解剖遺體以了解真相，但以家屬的立場，就又何必讓親人的遺體再挨一刀，使醫學文獻的數據產生些微的變化呢！

在物理學、化學、天文學等自然科學的領域裡，當然要求絕對精確的數據，你們所學的管理科學，對財務數字的核算，當然也非精確不可。可是市場潛力等一些預估數字，就可能因有很多的變數存在，難以完全掌握；有關人的精神潛力等，那就更難精估細算了。有機體生命的形成，本身便是複雜而精巧的結構，人體更是一個小宇宙，一些精確數量零組件的組合，不足以構成生命，所以有關人的許多事無法量化，也就不足為奇了。

人的精神潛能是不可限量的，自當努力開發，不可畫地自限，但體力是有限的，不該竭澤而漁，所以我會自己保重，何況「身體髮膚，受之父母，不敢毀傷，孝之始也」，我不該在善盡孝心時捨本逐末。不過我很希望你們能在奶奶病逝的過程中，看到長一輩的人那種「子欲養而親不在」的錐心之痛，從此更能善體親心。當然，倫小小的一張字條，就令我很窩心，但我們最指望的是：你們能發揮潛能，在所從事的行業中出人頭地，心目中卻不要只有那一堆數字，而能對人文有更多的關懷與體認，使周遭的人對你們多一分敬重。

父字　十一月十日

三

欣、珊、倫：

每年三百六十五天，欣又多了一天絕食的日子。在爺爺、外公、外婆的忌日絕食，在好友汪承樞的忌日絕食，如今又增加奶奶的忌日。由於爺爺和奶奶都是因癌症過世的，所以欣在遠洋電話中一再要我早去做全身檢查，其實爺爺享年七十六，奶奶享壽八十一，我如果承受癌症的遺傳基因，也在七十六歲患癌症的話，似乎也沒有什麼好擔心的。在醫藥發展如此迅速的時代，人類在二十二年後，應該有能力抑制癌細胞囂張的氣燄才是。

癌細胞在生命體中壟斷資源，惡性地擴張它自身的組織，破壞生命體的自然均衡，瓦解有機體相互支援的功能結構，然後一切化為烏有。由於它不是生命的個體，所以不能在自我膨脹以至毀滅的過程中得到教訓，於是在不同的生命體中重複扮演著囂張而自毀的角色。因為藥物殺死癌細胞，不免也會傷害到正常的細胞組織，所以日後的醫療發展，恐怕應著眼於生命體免疫力的培養與均衡功能的加強。

其實，我們也可以從社會的結構體上，看到像癌細胞那樣的組織和作為，有人在團體中專做損人不利己的事，或做短暫利己終究害人害己的勾當。歷史上的漢奸和賣國求榮者便是，他們大多因鳥盡弓藏、兔死狗烹，難有好的下場。

不談歷史，看看現在，黑社會的組織也是社會的腫瘤，如果他們知所節制，在有限的空間裡謀求生存之道，便可能在這社會寄生下去；如果肆意擴張其勢力，破壞社會的正常運作，那麼它即使不引發社會的全面反撲，也會與這社會一起毀滅。

團體不可能不存在害人害己的小人，社會不可能沒有魚肉鄉民的角頭，國家也難免有奸佞，只要領導者不要聽信、縱容，使他們坐大，其他的成員有勇氣糾舉他們，敢與他們抗衡，那麼這個團體、社會或國家，就不會有問題。同樣的道理，一個人即使有癌症的遺傳基因，只要新陳代謝情況良好，具有抵抗力，便能抑制癌細胞的蔓延而不發病，身體也就沒有問題了。

現在我們的社會病了，這是熱門的話題，其實哪個社會沒有病態？我所關切的是惡性腫瘤的病態。眼看不少的新興財團崛起，他們像滾雪球一般迅速壯大，危害經濟秩序與政治運作。有錢不是罪惡，生財賺錢更不是壞事。但他們如果使用哄抬炒作、套牢別人的手段，以掠奪別人努力工作之所得；以利益輸送、賄賂官員的方式，去攫取社會資源。這種不創造財富，僅以不當的重新分配來搜刮財富，造成社會的不安，便是惡性腫瘤的病態效應。如果他們再以其雄厚的財力去謀取政治影響力，更以其政治影響力壟斷社會資源，掌握經濟命脈，那麼他們便成為國家或社會的惡性腫瘤。

癌細胞不是生命的個體，它們不自覺自我膨脹造成的毀滅後果；我們就不清楚即將成為社會惡性腫瘤的這些人，是否也無此自覺？其實他們應該知道：當他們膨脹到原有體制不能運作時，便會出現劇烈的革命，屆時又如何保有他們的財富？

你們所讀的都是經營財富、管理財富的科系，將來做事或創業，應本著「求箇良心管我，留些餘地處人」態度，利字當頭，需留三分予人，以求共生共榮。譬如經營企業，雖然對上游原料工廠或下游工業，已經到可以予取予求的地步，仍需與人分霑利潤。這道理很簡單，彼此既有依存關係，利人終歸利己。切莫像癌細胞一樣，過度自我膨脹而自取滅亡。

人既然要過群體生活，發展偏枯，總是有害。有人以扣緊時代脈動、順應社會所需為由，以經濟掛帥，以為工商發展至上。如今已嘗到生態破壞、道德淪喪、人慾橫流的惡果，人們深受其害，為有識之士所痛心疾首。但目前大學講堂之上，仍不乏見樹不見林的專家學者，你們可不要為其所惑。

不只是國家建設社會發展不能偏枯，個人修養與知能也該兼籌並顧。我一再要求你們能對人文有更多的關懷與體認，在大學要注意人文課程，正是基於這個理念。一般人知道飲食要注意營養的均衡，卻不知道知識的攝取也應注意均衡。如果你們專精於所學的專業技能，忽略人文素養，將無異於一部賺錢的機器。我們所希望培育的，是三個善體親心、健全人格的兒女，而不是三部會賺錢的機器，或三隻訓練有素的狗。如果人才培養只要灌輸專業技能，應該由各行各業辦職業訓練所，而不再需要辦大學了。

人文以外科系的大學生，常謔稱他們所修的人文課程為營養課程，其實也還名實相符。

但如果以分數取得的難易，做為營養高低的指標，那就用錯了尺碼；如果以恢宏器識、均衡學養為檢驗營養的標準，做為選修人文課程的依據，並認真學習，才不枉為大學生，將來也才不會成為科學怪物、賺錢機器，或愛因斯坦所謂訓練有素的狗。

在奶奶患病的過程中，你們所表現的，大概可以看出：以後不會成為怪物、機器或狗，不過欣以絕食做為悼念的方式，我並不贊成。以後，你會建立更多的人際網路，也會有更多的親友老成凋謝，屆時你會有太多絕食的日子，中國的傳統是用祭祀的方式來表示追悼，欣應該可以另換一個適合於自己的方式。

父字　十一月十二日

四

欣、珊、倫：

今天下午媽胃痛，我陪她去醫院急診，因為你們都不在家所以不知道。胃病對媽來說，算是老毛病了，所以你們知道了或許也不太在意，但這次她已痛好久了，而今天又有反胃的跡象，頗有急性胃炎的樣子，顯然比往常嚴重得多。

胃病通常和心情有關，媽常在工作壓力較大的時候痛一陣子，但在爺爺、外公、外婆病危以至逝世的時候，痛得較久較嚴重。這次從奶奶住院做膽管移道手術迄今已兩個月，媽看胃科醫師至少五、六次了，半夜經常痛得起床徘徊，看我公私兩忙而不驚動我。今天我猛然警覺到：我最近實在太忽略她了。而她不止是我感情的伴侶，更是我生活的依賴，也是我們家庭最主要的支柱，我們很難想像沒有她的日子，我怎麼能夠忽略了她？

人們常忽略很多很重要的東西，享有它時視為當然，甚至無視於它的存在，總是在發生問題之後，才警覺到它的重要，懊悔當初未加珍惜。譬如我們每分每秒都在使用心臟，但我們幾時注意它的存在？有幾人曾對自己心臟的勞苦盡責心存感激？擁有健康的時候，何嘗覺得健康的可貴？又何嘗懂得珍惜？我們身邊有太多優渥的境遇，可能是別人夢寐以求而不可得的，如果自己不加以珍惜、不加以維護，說不定哪一天會失去它。

當然，媽還年輕，她的胃也只是極輕度的潰瘍，在我和你們心中，根本不曾閃現失去她的恐懼，但她的健康總是我和你們所該隨時關切的。（說到這裡，不免想到奶奶在一年前就常說胃腸不適、食慾不佳，當時也看了醫生，就只當做一般腸胃病醫治，我們實在太疏忽了。）

或許有人認為：一個家庭主婦的工作，如果雇用菲律賓女傭來代勞的話，似乎也不必支付多少待遇，說它是生活的依賴，家庭最主要的支柱，是不是誇大了些？

其實一點都不誇張，一位賢妻良母除家事的操持之外，投注了永不枯竭的愛心，那種無怨無悔不計代價的付出，便使它成為無價！她給了丈夫及子女源源不斷的動力與助力，可發揮無比的力量。

記得在我初中三年級的時候，無意中發現奶奶為了我的註冊，賣了一只珍存多年的金戒指，於是我放棄高中，就讀師範，並深自期許，絕不辜負所望。當師範畢業考取普考，教書時穿的是拆除學號的師範制服。後來轉考大學，又放棄日間部，就讀夜間部，以至後來唸碩士、博士，不但沒用父母的一分錢，還一直支援家計。回顧前塵，使我力爭上游力求回饋，正是奶奶無怨無悔不計代價的付出所激發的。人與人相對待，最可貴的便是長期相濡以沫的真情，它滌盪出人們不計功利、生死相許的高貴情操，在彼此提攜、相互肯定中，激發了自身的潛能，使它成為臻於成功的動力與助力。

我在經濟方面，雖然早在十幾歲就不再仰賴父母，但古人所謂的孺慕之情，並不因此而稍減，仍跟小孩子「得到獎賞必定趕快向父母展示」一樣，在外有得意的事，一定讓他們分享。其實，這與其說是「讓他們分享我的快樂」，不如說是「我從他們的喜悅中，獲得更多的快樂」。如今他們相繼過世，使我少了兩個「不會嫉妒我的成就，真正能分享我的快樂，而又使我更快樂」的人。那種悲愴可能是你們所難以體會的。

前美國總統詹森，一九六五年五月廿八日在德州貝洛大學畢業典禮致詞說：「這是我深深願意家父母在世與我共享的時刻；第一，各位對我的溢美之詞，家父會引以為榮，而家母卻會信以為真。」也許是因為我正在守喪，所以我覺得他的話，除了謙虛與幽默之外，更有孺慕之情無所依恃的悲涼。

如今你們是比我幸福太多了，你們不必以半工半讀的方式去完成學業，更有能提供經濟以外的支持、並分享你們喜悅的父母，你們要善加珍惜、利用。但你們一定要注意：不能把享用別人努力的成果視為當然，隨便浪費物資、蹧蹋資源；或仗著微薄的福蔭，自命不凡、對人頤指氣使。更不能為凸顯自我而肆意破壞前人的建設，或為強調自己的能力而刻意抹殺別人對你的幫助與貢獻。因為這麼做的話，只會眾叛親離，使你所擁有的優裕條件逐漸消失！

當然，你們就讀書而言，實在擁有相當優裕的條件，但要開創事業，你們可就得不到祖蔭，都必須白手起家。日後如果經營有成，別忘了一切得來不易，不可任意揮霍。對於你們有所助益的人事物，都應存感謝心，設法予以回報。功在公司的員工，固然應該禮遇；提供你發展空間的社會，也要予以回饋；對於默默奉獻卻沒刻意向你表功的人，更應該特別垂注。

通常，公司總是依照人才的供需與能力的高低，訂定待遇的標準。用較好的薪資，禮聘公司需要的人才；用較高的待遇，激勵同仁發揮潛能，這都是無可厚非的。但有些人的功勞，並不是可以用「為公司賺多少錢」，那樣單純的標準加以評估的。譬如對公司的耿耿忠誠，表現了兩肋插刀的義氣，在公司艱苦的時候，為相知相契的情誼，不計酬勞不眠不休，這就像媽媽對家庭的奉獻，豈可以計量它值多少待遇？

這次媽的病雖嚴重些，但你們不用擔心，我與她二十六年的夫妻，曾在艱苦環境中相互體恤、相濡以沫，我在母喪之後，也更體悟到：能與「分擔憂苦、分享喜樂」的人共處，是多麼的可貴！我會好好照顧她的。我之所以告訴你們這件事，不是要你們分勞，而是要你們深切體驗這份常被忽略的福分，知福惜福，珍愛它！免得失去時再追悔莫及，抱憾終身。

父字　十一月十五日

附記：作者於民國八十一年十一月八日喪母，當時子女三人分別於美國猶他州州立大學讀商業管理、淡江大學讀企業管理、中興大學讀會計。

奶奶的裡〈癌　生往　奶奶〉

開拓一方心靈樂土

在我們家鄉——中寮，祖師爺起乩時，乩童稱我們家人為「孔子門生」。父親在日據時代畢業於臺南師範，臺灣光復即擔任小學校長，全家有六人曾擔任中小學教師，在鄉下也就被視為「孔子門生」的書香世家了。

其實，我連書香子弟都還稱不上。父親出身農家，他雖當小學校長，從事教育工作三十七年，但家徒壁立，家中只有一座小書櫥，也不全然存放書籍。櫥中藏書不及百冊，而且九成以上是舊日文書，印象較深的中文書只是《千字文》，和一本年年換新的農民曆而已。

我所接觸第一本課外文學的書是《唐詩三百首》，是我小學五年級的時候在姊夫家看到的。那時只在小學課本上讀過幾篇韻文，無不朗朗成誦，看到它，以為集天下美文於一書，既驚且喜，抄回好多首，生吞活剝地讀，當時完全不懂平仄格律，卻在升學壓力下，也浮藻餖飣作起歪詩來。

從此，我每年都利用大年初二要接姊姊回娘家作客，姊姊事忙留我住一宿的機會，在房裡猛讀姊夫的書。徐訏的《風蕭蕭》、《盲戀》、孟瑤的《心園》、《幾番風雨》、浪濤沙的《夢》

等，很多那個年代的小說都是這樣閱讀的。初中時代，也是在不敢請人指導的情況下，寫歪詩、塗鴉小說。

讀師範的時候，沒有升學壓力，但準備高檢和普考，不過還是利用相當簡陋的圖書館，讀了不少翻譯的西洋小說和莎士比亞的戲劇，當時我的國文老師陳光棣先生曾給我指引，我也開始投稿。由於投稿偶被刊登，使我報考大學時，中文系成為我唯一的志願。

大學讀夜間部，在工作與課業雙重壓力下，得過全省學生文藝創作比賽大專小說組第二名及散文組的佳作，但我已轉入學術研究，碩士論文寫文字聲韻方面，博士論文回歸到文學領域，研究漢代純文學的主流——賦。

現在我只寫作散文、文學評論和學術論文，但我深深地感覺到：不論文學創作或文學研究，沒有白走的路，沒有白做的工。當年讀詩、讀小說、讀劇本，都成為我今天寫作散文和文學評論的根柢；當年對文字聲韻下過工夫，成為我今天研究辭賦的利器，使我更得心應手。金字塔的底部越大，築成的塔就可能越高。

我投身於文學之所以無怨無悔，是因為我一直覺得：文學是所有能獲得心靈滋潤中，最便捷、最低廉、最沒有場地限制，而又能得到最多共鳴的一項藝術。不論從事文學創作、欣賞或研究，都能大量接受並傳達美的訊息，享受精神生活的富足，同時也能時時感受：擴大境界、提升層次、突破藩籬、自我完成的樂趣與成就，開拓這一方心靈的樂土，直教人樂此不疲。

因此，如今我仍不敢以孔聖門生自居，若說是屈宋門徒，似乎較為近似。

也是一本難唸的經

家家有本難唸的經，中文系的教師也不例外。

堅守崗位、以身作則，對學生嚴教而善導，應該是教師的本分。在大學中文系教文字學或聲韻學，這些都是基本訓練的科目，責任自然十分重大，嚴格要求是必要的。如果教學時，講了今音而略了古韻；或讓學生只知韻書而不懂韻圖，那都有虧職守，問心有愧。於是，講文字就得從《說文解字》，追溯到甲骨文；論聲韻必得從現代方音，探討到周秦古音。涵蓋既廣，材料又多，加以教師常有他獨門的重點要求，所以有很多學生深以為苦，文藝界也就有「壓得學生靈性盡失」的批評。雖然我們有很多理由，可以說明這些訓練對中文系的學生是有益的，可是如果讓學生把絕大部分的時間和心力，都集中在這兩三個科目，造成學習的偏枯，那也不免犯了本位主義的缺失。再說，中國文學何其廣博，而承先啟後、開創新局，又是我們責無旁貸的使命。因此，我們更希望這些吸收了中國古典文學精華、沐浴在傳統文化精神的莘莘學子，在辨古音、認古字之餘，有充裕的時間和精力，為現代的中國文學添寫新頁、突放異彩。所以我教這些課程，著重在學理的融貫、整體觀念的建立，不逼學生做太多刻板記憶性的訓練。如《廣韻》切語的系聯，只做抽樣的練習，讓他們了解系聯條例的運用和得失；切語下字的韻類分析，也只讓他們了解前人研究的成果；上古諧聲偏旁，也沒有做制約反應的辨別訓練。不過我有時不免疑慮：這樣做是不是放棄了立場、疏忽了責任？學生把省下的精力，投注到哪些方面？所以我雖然沒有征婦的心理體驗，讀姚燧的小令〈憑闌人〉（寄征衣）：「欲寄君衣君不還；不寄君衣君又寒。寄與不寄間，妾身千萬難！」竟然於心有戚戚焉。因為我正有「逼與不逼間，為師千萬難」的感慨。

身為中文系的教師，雖然未必有「救天下之溺」、「舍我其誰」的豪情壯志，但多少總有「民胞物與」的胸襟，有「為往聖繼絕學，為萬世開太平」的使命感。人們在科學發展日新月異，而物慾橫流、道德沈淪的今天，如何力挽狂瀾、宏揚人本精神，提昇人生的境界，以確認人之所以為人的價值，那當然是我們致力的目標。國人在歐風美雨之下，迷失自己而以洋人馬首是瞻的時候，如何振聾啟聵，發揚傳統文化，重建民族的自尊，以確定發展的方向，那也是我們當仁不讓的使命。因此，我們很樂意走出象牙塔，投身社會，為民族文化和社會風氣，略盡棉薄，因為這一方面是經世致用的理想，同時也是書生報國的心願。可是我們還是不得不用很多的時間和心力，置身在象牙塔裡，埋首於古書堆中，因為研究也是我們的責任。不充實自己，不寫深入的專門性論文，那就是故步自封，等於斷送自己的學術生命，就淪為抱殘守缺，年年販賣舊貨的落伍者，也將無以應學生的需要和主管部門的要求。同時，民族文化也需要不斷的耕耘，才能拓展它的領域；更要不斷的注入新血，才能增添它的活力。文化的慧命，就是在「苟日新，日日新，又日新」的要求下，不斷通變融會，才能趕上進步的時代，才能順應瞬息萬變的社會需要。所以專門而具有創意的學術研究，是絕對必要，而也是我們不可怠忽的職責。不過我們卻不能像研究院的研究員那樣，有助理人員的配置，可供調用。從資料的蒐集，到成果的撰寫，我們完全一手包辦，而且還要上課，要面對學生，去關懷他們、指導他們，為他們傳道授業，為他們解決問題。因為這是我們最重要的本職，它關係著學生的程度和前途，關係著薪盡火傳的歷史使命，所以絲毫不能馬虎，也沒有任何討價還價的餘地。

社會對我們的期許，還不止如此。當低俗作品充斥或某些作家遭受批評時，輿論界還常會指著我們問：「學院派的先生們，你們的作品在哪裡？」我們也會為之寢食難安，或引發投身「不朽盛事」的宏願。其實一個人難得「十八般『文』藝樣樣皆通」，但在一般人心目中，作詩填詞、書畫聯對，古代文人的絕活兒，我們似乎都該全能，說我不會，還會招來「你們不會，誰會」的挖苦，或「天喪斯文」的扼腕浩歎！經史子集，文字典故，甚至古今文人的字號和逸事，似乎都該默記在胸，因為我們常成為被考問的對象。如無法應對，人家還當你是學藝不精的濫竽充數者。我們雖被如此期許，但在大學教授群中，我們沒有學國際政治的那麼搶眼，沒有學經濟、財稅的那麼熱門，沒有學西洋教育的那麼炙手可熱；更沒有學理、工、農、醫的那麼具有權威。我們似乎還難脫冬烘先生的形象，在某些人心目中，我們似乎還是集頑固迂腐於一身，甚至具有義和團的本質，不但不能畀予重任，似乎還是進步的絆腳石。我們像茅屋為秋風所破的杜甫，空負「安得廣廈千萬間，大庇天下寒士俱歡顏」的豪情！我們雖然不是人家的小媳婦，卻也感受到〈孔雀東南飛〉那位「十三能織素，十四學裁衣，十五彈箜篌，十六誦詩書」的蘭芝，那種「雞鳴入機織，夜夜不得息，三日斷五匹，大人故嫌遲，非為織作遲，君家婦難為」的悲歎和無奈！

最令人感慨和無奈的，還是我們所訓練的學生，滿懷理想的到中學去培育下一代，在當今社會心態和升學競爭的壓力下，他們只有訓練學生成為選答問題的電腦，他們都成為維護電腦和輸入電腦程式的作業員。他們的工作目標，是讓這些電腦通過層層的品質管制，輸出到美國。在復興中華文化聲中，我們所調教的文化尖兵，卻投閒置散分配不到任務。我們每年捧著一籮筐的秧苗，徘徊在當年曾禾麥青青、金穗遍野的園地上，如今遍布著鄰家花園的奇草異卉，竟難找到一塊可插植秧苗的地方！

絮聒

最近除了下雨，早上五點半都到中正紀念堂的廣場，學瑜珈式的體操。已入初冬，早上風大，溫度也在攝氏十五度左右，在紀念堂環道的西北角，常看見一位老者，鋪蓆在地，穿著單薄的衣服，甚至裸裎上身趺坐著。他總招呼路過的人們，一面看他作一些極其平凡的肢體動作，一面聽他的告誡。有時招徠一兩個人短暫的駐足，但是早上到這裡來的，每人都有自己的運動項目，所以他大半是孤獨的。當沒有人理會他的時候，他就高聲反覆著那幾句話：

「全世界沒有人像我這麼勤快，我早上起來做運動已經十三年了……」

「你們都要聽我這個老阿伯的話，老阿伯不會害你，早起做運動會使身體健康有精神……」

「我已經七十歲了，衣服穿得比你們少，……只要你們記得照我的話去做，那麼我死也有價值了。」

看他頗有傳道的熱忱，語多淒愴，但聽者少有動容。大概是覺得他的世界何其小，早起運動十三年以上的人，早上在紀念堂附近，就不知凡幾。再者，他的話固然情真意切，但無甚高論，似乎沒有選好講話的時地，更不免弄錯對象。早上到這兒來的人，都是早起運動的愛好者，這種告誡對他們豈不是多餘的？何況其中不乏太極拳、瑜珈術、韻律操等各類運動的高手，也有運動場上的健將，運動的知能大多比他強得多，所以老者雖然句句出自肺腑，人家直以其為聒噪了。

看到這情景，不免令我怵惕：我在工作崗位上，會不會像那位老者！只自信於主觀價值的認定，而忽略了客觀情勢的掌握？若由於自己眼光短小見識淺陋，一片誠摯可能招惹別人的厭煩與鄙夷；由於不能知己知彼，所謂溝通可能成為多餘，熱心的奉獻也可能對別人毫無助益，甚至幫了倒忙。蠟燭要點在沒有燈光的黑夜，我們的心力也要奉獻在適當的時候，用在適當的地方。同時，我們更需要充實自己，才能提升貢獻的層次，也才能擴大它的層面。

走筆至此，也該戛然而止了，因為老者給人的啟示，應該是多層面的，我喋喋不休，已如同那位老者的絮聒了。

功勞與苦勞

在其位、稱其職，這不但是對任職者的要求，也是人們各司其職衡量功過的標準。盡職無失，堪稱有功；有虧職守，便是有過。如果積極進取，投注更多的心血，做得比別人更好，那就是勞苦功高了。

「沒有功勞、也有苦勞」這是一句很容易被套用的話。沒有功勞的苦勞，如果是義務幫忙，原本沒有員額的限制，他也盡心盡力了，那當然值得讚揚，也應該感謝。如果當初慨然應允，而出了紕漏，終負所託；或領其職位，佔其名額，廢弛職事；或支取報酬，到時不能達成任務，那麼這所謂的苦勞，則成為文過飾非的彩衣，不負責任的遁辭。

所以，「沒有功勞，也有苦勞」，若是出於主管對部屬的慰勉，則顯示這主管的恢宏氣度；若是代人求情，則無非是勸其「得饒人處且饒人」而已。假使它是出於自我辯解，那就有待商榷了。倘若還說得理直氣壯，就不免缺乏羞恥心了。

某些人在某個機構，尸位素餐，一混就是一二十年，於是績效不彰，屆時還以「苦勞」自居，其實他拖累這單位的工作效率，也梗塞了後進之路，長達一二十年之久，其罪大矣，卻還說人生有幾個十年，他已把青春年華都奉獻給這單位了，顯得仁至義盡的模樣，就其心可誅、罪無可逭了。

我們每個人在不同的時間、不同的場合，總擔任著各種不同的角色，承當著各種不同的職務。職責所在，自當盡心盡力，最忌怠忽職守，還以苦勞自居。如果真是盡心盡力，而徒勞無功，那可能是方法上的偏失，自當知恥知病，隨時謀求改進。若是才智不足，或經驗欠缺，則當加緊充實，再接再厲，以竟全功。否則趕緊讓賢，以免誤人誤己。人人以此自許，群體結構才能臻於健全，充滿著光明與活力；而個體生命的價值，也才能獲得肯定與展現。

訓練與磨練

記得以前家母感慨地說：「兒時的記憶猶新，怎麼一下子就變得這麼老了！」當年就只當它是「韶光易逝，歲月如梭」一類套語的翻版，總是漫不經心，未能真正引發共鳴。如今恭逢　黃校長的九秩大壽，回顧往事，才恍然震驚：自己在臺中師範的情景還歷歷在目，怎麼才一轉眼，畢業都快要四十年了！

這四十年的變化可真大！不只是母校從師範學校改制為師範專校，再升格為師範學院，社會的體制也變了，甚至連價值觀都變了。當年我們在　黃校長門下所接受的教育方式，可能已無法施之於今日，但那時的一切，點滴在心頭，平心而論，還真受用無窮。

當年我們在學校過的是名副其實的團體生活，軍訓教官常相左右，是在「一個口令一個動作」下長大的。每天有早晚自習、升降旗、晚點名，每週讀總統訓詞，每學期有夜間緊急集合的訓練，每年要閱兵分列式，訓練期間則長達數月。每天上下課、三餐開飯、晚上熄燈、早上起床，一切生活起居全依號兵吹號行事。進出排隊、派公差、勞動服務，更是每天所少不了的。除了假日，出校門必須書面報告簽准；全天候檢查內務，用品放置規格化，棉被摺疊要有稜有角像個豆腐乾。

強勢的管理與教育，陶鑄了我們某些共同的特質，日後我們頗引以為榮；嚴格的訓練過程，造就了我們相濡以沫的袍澤之情，更為我們所珍惜。規律的作息，養成我們良好的習性；嚴整的紀律，塑造我們端正的品格。團隊生活，成長了我們的EQ；緊湊的節奏，強化了我們的韌性。當時軍隊式的生活教育，在現在看來，或許過於嚴苛，但實際上是相當成功的。

軍隊式的管理，並沒有使我們成為整齊畫一的單兵。對於制式的安排，我們反彈在前程的拓展上。克服種種的困難，掙脫層層的束縛，而展翅高飛。於是原本不升學的師範學校，升學率卻在一般的高中之上；原本不讀法律課程的師範生，卻大量考入司法界。學長優異的表現，為我們開闢了道路，提供了典範；學校優良的師資，為我們厚植了實力，提供了靠山；校長闡道翼教，並邀請教授名流的演講，更對我們多所啟發、多所激勵。

如今環顧校友，除了在國民教育的崗位之外，也能多所發揮，在各行各業嶄露頭角位居要津，建立口碑，使人想起孟子所謂：「天將降大任於是人也，必先苦其心志，勞其筋骨，餓其體膚，空乏其身，行拂亂其所為，所以動心忍性，曾益其所不能。」以及新兵訓練所謂：「合理的要求是訓練，不合理的要求是磨練」的話來。

歲月不居，四十年前英挺嚴峻而不苟言笑的校長，如今已是天錫遐齡福備九疇的溫煦長者，我們一方面為「三祝筵開歌大壽，九如詩誦樂嘉賓」而高興，一方面也為當年所受的訓練與磨練而充滿感激。榮登上壽是校長的福報；而我們謹受教誨心存感激以至於有今日，也何嘗不是我們的福分與福報！

愛情的啟動器與剎車

首先，我們界定一下，這裡所說的愛情，是專指兩心相悅的男女感情，不包括那種所謂「另一種愛情」，所以也不牽涉哪一種愛情境界較高的問題。

理智與感情，表面上看是相對的，但實際上是相輔相成的，或許可以做這種比擬：感情是行車的汽油和啟動器，理智是剎車器，行車當然靠汽油和發動器，但剎車器也不可或缺。

談感情要以理性做基礎，但並不表示理性重於一切。有個爭議性的問題：愛情與麵包哪一個重要？如果這裡所謂的麵包，是指維持生命的基本需要，那麼麵包當然重於愛情；如果麵包是代表物質條件，與愛情代表精神條件相對立的話，那麼愛情就重於麵包了。不能溫飽而奢言愛情，是不切實際的，所以在不能維持生計最低標準的情況下，只可以完成殉情式的壯舉，難以維持長久的愛情（慷慨赴義易，從容就死難）；在維持溫飽的水準以上再奢言麵包，那就進入永無止境的物慾追求了。

感情的舒放應該是漸進的，就像開車不宜立刻衝刺，至少要換檔。這時理智很重要，就像車子在這時突然剎車，可很安穩地停下；一旦漸入佳境，奔馳起來，就像在高速公路上，猛踩剎車也是很危險的，因為這可能傷害自己和別人。

理智的抉擇，可由下列幾方面去考慮。愛情生活裡當然有激情、有歡樂，但要維持長久，則非雙方有責任心不可，否則短暫的激情歡樂，將帶來長久的痛苦。因此套用時髦的詞彙，對方固然要讓你「來電」，但還得看是傷人的電光閃電，或是源源不斷可以發光發熱的電源。考察對方是否有責任感，並不是對你一人來衡量，可從日常待人接物去體認，並不是用責任心勉強維繫褪色的愛情，而是唯有具有責任心的愛情，才能度過感情的低潮，也才經得起考驗。因為有責任心的人，才懂得自我約束，也才懂得對人寬容和體諒，而不會唯我獨尊敢負天下蒼生！沒有責任感的人，你與他共事，要為他收拾殘局；與他談愛情，只會對你造成傷害！

其次要考量他對人好不好。熱戀中的男女，總覺得只要對我好就行了，對別人不好有啥關係！如果一個人因愛上一個人，就可以輕易地不愛生養他的父母，不愛培育他的家庭，不愛與他共患難的朋友，這種人有一天可以為愛另一個人，就視你如敝屣！

另外，要正視彼此各方面的差異，彼此能否欣賞或接受，這包括對事物的想法、生活態度、性情志趣等各方面。在熱戀中的情侶很容易寬容對方，甚至欣賞彼此的差異，以為很有「個性」。但我們要認真考慮自己對這種個性的承受程度。世上有很多個性不同，卻能巧妙互補以臻完美的神仙伴侶，也常見一個精明、一個糊塗的組合；一個疏懶、一個勤快的搭檔。

只要能包容，這些差異也無妨，甚至可以各施所長，配合得天衣無縫。就怕早先自信滿滿地認為以後可以改變對方，只作暫時的忍受。因為，江山易改，本性難移，後來可能就因一些無關緊要的差異，卻成幸福的致命傷！譬如一個豪爽好客，一個內向好靜，這不是什麼了不起的差異，一時彼此能讓步，自能相安無事，但以後天長地久，好客不好客的差異如果任何一方沒有徹底承受的打算，就可能成為日後幸福的暗礁。人的個性各如其面，我們要有包容的雅量，欣賞的氣度，世上難有個性完全投契、志趣完全相同的人。只要這種差異是在我們承受的範圍以內，就可以不介意，甚至可以把它視為一種補償，樂意地接受！

一般勸人「婚前睜大雙眼，婚後張一隻眼閉一隻眼」，我們可以解釋為婚前多作理性的觀察與考量，至於婚後，因既已決定長相廝守，此生不渝，就該多作感情的奉獻和包容，發揮「愛到深處無怨尤」的偉大情操，讓感情淹沒理智，無怨無悔。二人既然永結同心，成為一體，就像我們對自己的腹心手足，儘管有缺憾或毛病，除了善加珍攝之外，也沒有什麼好挑剔好怨怒的了。非到萬不得已，是不作切除換裝的手術，因為那樣造成的傷害和付出的代價，實在太大了。

人生的路

一

每人都有自己要走的路，路總是盤錯交結的，所以我們隨時可能面臨分歧的岔口。

人們所面臨的每一個岔口，無不攸關前程，一不小心，就可能從此南轅北轍，越行越遠，因此我們隨時都需要謹慎地判斷，正確地抉擇。

人的一生，就是經歷無數抉擇的歷程，但任誰也無法保證，每一次的選擇都是正確的。不過，沒有關係，我們常有補救的機會，就像一部車，奔馳在公路網上，錯過這一個路口，只要及早發現，多轉一兩個彎，仍然可以到達目的地。

所以，我們固然不能沒有目標，不能沒有規畫，但也不必執意非走哪一條路、非在哪一個路口轉彎不可，只要把握方向，遇到阻礙，多轉幾個彎又何妨？

二

人在路上走，腳力有它先天體能的限制，就像車在道路上奔馳，有它馬力大小、性能好壞的差別。在人生的路上，自然也受到本身智力、家世背景的影響，這原本就是不得不接受的事實，但龜兔競走的寓言可以給我們一些信心。

何況在人生的路上，為的是到達目標，就像在道路上奔馳的車，為的是要到達目的地，誰在意你曾超越幾部車，又被幾輛車趕過？

我們不是在賽車，比的不是速度，安全畢竟最重要，只要完成理想，遲達幾年又何妨？

三

火車只能依軌道行駛，汽車可以在公路之外的原野奔馳，人除走在既成的道路之外，還可自闢蹊徑。人生的道路，更是完全由人走出來的，在邁向目標的過程中，人人都可以有新的走法，所以大家要勇於開創，依自己的志趣與條件，走出自己的道路來。

卷二

幼學摭談

不棄糟糠　宋弘回光武之語
舉案齊眉　梁鴻配孟光之賢

男女有相感之義，夫婦為一體之親，所以我們國人一向以夫婦為人之大倫，《易經・序卦傳》說：「有男女然後有夫婦，有夫婦然後有父子」，所以《禮記・中庸》說：「君子之道，造端乎夫婦。」由此可見，夫婦對待之道，是何等的重要！

在西漢末年，長安有位叫宋弘的人，他的父親宋尚在成帝時做少府的官，在哀帝時因不阿附董賢而獲罪。而宋弘在哀帝平帝之時，也當了侍中。東漢光武帝即位，就徵召他為太中大夫；建武二年，任他為大司空，封栒邑侯。他自己家無資產，卻將所得祖俸，分贍九族。後來又改封宣平侯。這時，光武帝的姊姊湖陽公主新寡，光武帝特地和她共論朝廷大臣，來探測她所屬意的人。公主說唯獨宋弘才貌雙全，為朝中大臣所不及。光武就積極進行，不過宋弘早有了妻室，光武想勸他離婚，來撮合公主。有一天召他單獨入宮，並叫公主坐在屏風後面靜聽，光武帝很技巧的暗示宋弘說：「俗話說『尊貴之後換批朋友，富有之後另娶嬌妻』，這該是人之常情吧？」宋弘回答說：「我所聽聞的，卻是『貧賤之知不可忘，糟糠之妻不下堂』。」光武聽了這針鋒相對的答案，只得轉身悄悄的對公主說：「事不諧矣！」糟是酒滓，糠是穀皮。這兒是指貧窮時同食糟糠，同艱苦共患難的妻子，是不能隨便離婚的。

其實，宋弘到死為止，連個兒子都沒有，他是可以冠冕堂皇的把黃臉婆休掉，另娶金枝玉葉的公主，那他將享有更多的榮華富貴，可是他卻毫不猶豫的拒絕了，宋弘之所以為君子，由此可見，他也因此而留名千古。「宋弘不諧」的典故，成為譬喻「富貴不忘貧賤時」的成語。元代鮑吉甫用這四個字作為題目，把這故事寫成戲曲，所以這故事就更膾炙人口了。

「舉案齊眉」，也是大家耳熟能詳的成語典故，這是梁鴻和孟光的故事。梁鴻字伯鸞，後漢平陵人，家貧而有高節，當時鄉里有財勢的人家，很多想把女兒許配給他，他一概謝絕了。後來同縣孟家有女兒，長得既胖又黑又醜，力大能舉石臼，竟也挑三揀四的，到了三十歲還不嫁。孟家老爺問她，她說要有梁鴻那樣的人才肯嫁。梁鴻聽了，就去求聘。結婚時，孟家女兒當然也打扮得漂漂亮亮的，梁鴻一直到第七天，都還對她不理不睬，孟光跪在床下請罪，梁鴻說：「我要娶的是安貧樂道，願意跟我一起隱居山林的人，而妳穿綺縞，敷粉墨，這身打扮，那裡是我所喜歡的呢？」她說：「我這身打扮只是探測你的心意罷了，我也備有隱居的衣服。」於是換上村婦的打扮，操持勞務，梁鴻才高興的說：「這才真是我梁鴻的妻子。」

就以德曜為字，名為孟光。後來他們相偕隱居霸陵山中，以耕田織布為業，吟詠詩書彈琴以自娛。梁鴻曾出關路過京師，作〈五噫之歌〉，章帝找他，他就改姓運期名燿，居於齊魯之間，又展轉到吳地，住到皐伯通的堂下周屋，替人做賃舂擣粟的工作，伯通看到他們吃飯，孟光不敢在梁鴻面前仰視，在餐桌上端餐具，都舉得跟眉毛一般高，感到非常詫異，認為梁鴻能得到妻子如此敬重，一定不是平凡的人，所以就敦請他們住在家裡。梁鴻從此閉門著書，而舉案齊眉，也就成為夫妻相敬如賓的典故了。

一般說來，因為夫妻的關係太密切了，又長年在一起，所以也就不拘禮數，因此「舉案齊眉」只是成為掌故的特例，後來晉代的何曾、庾袞，宋代的劉愚，明代的胡居仁，有梁鴻之風，也都傳為美談。其實不論古今中外，夫妻相互敬重，都是絕對必要的。當然在舉止上不一定要如孟光舉案齊眉，也未必要像何曾、胡居仁那樣，對妻如待嚴賓，只要本乎《白虎通》所說的：「妻者齊也，與夫齊禮」，以平等相對待，在思想觀念及行為舉止上，彼此尊重體恤，相互關愛了解，這該是維持家庭和諧氣氛，以及婚姻幸福美滿的先決條件，也有助於兒女的心理健康。孟光對梁鴻的尊敬，使伯通對他們夫婦另眼相看；反之，如果一個人對一體之親的另一半，都不能尊重，又如何贏得別人的尊重？為人父母在子女面前互不尊重，以致尊嚴掃地，又如何教兒女生孝敬之心？所以《禮記・昏義》就說：「夫婦有義，而后父子有親。」

五倫之中，父子主恩愛，兄弟主提攜，朋友主合作，君臣主尊嚴，夫婦之道，兼而有之，所以是人倫之本。我們如能珍取宋弘不棄糟糠之義，提攝舉案齊眉互相敬重之德，善處夫婦之道，就已奠定人生幸福快樂的礎石，也為倫常家教的成功，種下了基因；同時，那更是個人事業成功的保障，也是社會安和樂利的首要條件。

牝雞司晨　比婦人之主事
河東獅吼　譏男子之畏妻

上一篇我們曾提到：君子之道，造端乎夫婦（《禮記・中庸》），《列女傳》也說：「夫婦是人倫之始」，而古聖先賢談人倫之教，夫婦在於「有別」，孔子說：「夫婦別，父子親，君臣嚴」（《禮記・哀公問》）；《孟子》也說：「父子有親，君臣有義，夫婦有別，長幼有序，朋友有信」，朱熹就引用《孟子》這段話，以為白鹿洞書院學規的五教之目，這是大家所熟悉的。先賢所謂有別，是指職分有別，應嚴守分際，也含有分工合作的積極意義。在中國傳統的社會，一向是男主外、女主內，所以夫婦有別，就是內外之別；在今天的社會，婦女地位提高，職業婦女在家庭之外，已有一展長才的機會，主外已經不是男子的專利；所以今天我們不必強調內外之分，但因職分有別，各有工作，也就各有專責，因此夫婦有別，仍是我們應該遵循的法則。

夫懦婦悍，古今中外屢見不鮮，古人以「牝雞司晨」，比喻婦奪夫權；它的字面意義，是說母雞掌報曉之職，語出《尚書・牧誓》。當周武王伐紂，誓師於牧野，揭發紂王的罪狀，其中就說：「古人有曰：牝雞無晨，牝雞之晨，惟家之索。」意謂古人說過：母雞無報曉之理，早晨母雞代鳴（是為妖孽），表示家的氣數已盡。在這兒是指責紂王聽信妲己，濫行賞罰，以致亂政亡國。從此之後，牝雞司晨成為婦人干政的成語，尤其武則天稱制，人稱之為牝朝，於是上推漢朝呂后，下及清末慈禧太后，舉凡后妃稱制或垂簾聽政，都成為牝雞司晨的典型。

說到這裡，或許有人會問：如今在英國有鐵娘子之稱的柴契爾夫人，位居首相，總攬國政，是不是牝雞司晨呢？其實這不能和后妃聽政相提並論，因為柴契爾夫人是憑她個人卓越的領導才能，得到國人的擁戴，正是在其位而謀其政，盡其職責，這怎能和婦奪夫政混為一談！

雖然時代不同，夫婦內外之別已經有了調整，但所謂「牝雞司晨」現象仍然存在，而且還深具警惕意義。如果一個公司董事長或單位主管，因懼內而大權旁落，任憑太座多方干預，甚至否決丈夫的決策，弄得業務不能上軌道，這都是牝雞司晨的害處。我們不能以男女平等為藉口，以行其侵越之實；以其平等，更有不受侵犯的保障。何況這是相對待的，像前面所舉的例子，如果柴契爾先生越俎代庖，左右英國政務，也是違背夫婦有別的古訓。

牝雞司晨，大多由夫懦婦悍而起，也就是一般所謂的懼內所致。論中國懼內的第一號人物，當非季常莫屬。陳季常是不是中國歷史上最怕太太的人？這當然很有問題，但他卻是最有名的懼內者。一般人稱懼內為「季常癖」，稱悍婦為「河東獅」，這都是因蘇東坡作詩調侃陳季常而起。根據《宋史》（卷二百九十八）記載，陳季常是陳希夷的兒子，本名慥，年少時使酒好劍，用財如糞土，自稱為一世豪士。後來勤奮讀書，希望能騁其壯志，但事與願違，於是放棄宅第，隱居山林，蔬食徒步，往來於山中，其妻子奴婢，都有自得之意，不與世相聞，人稱為龍丘先生，或稱方山子。看來他曾是任俠豪士，後為隱逸高士，只因蘇東坡戲之以詩，使他以懼內傳世。

根據宋人筆記，說季常好賓客，有一次宴客，有聲妓在座，他的妻子柳氏，以杖擊壁大呼，賓客相繼散去，成為話柄。蘇東坡戲作一詩，先說他自己求道不成：「東坡先生無一錢，十年家火燒丹鉛，黃金可成河可塞，只有霜鬢無由玄」，接著說季常談佛也枉然：「龍丘居士亦可憐，談空說有夜不眠，忽聞河東獅子吼，拄杖落手心茫然。」河東是用杜甫詩「河東女兒身姓柳」一句，暗指柳姓女子，也就是指季常之妻，獅子吼是佛家語，用以比喻威嚴（釋迦牟尼生時，分手指天地，作獅子吼），因為季常好談佛理，所以說他「談空說有」（佛家談宇宙本體有「空」「有」二論），也戲稱柳氏的擊壁大呼為獅子吼。從此，這位埋名隱居的高士，聲名大噪，躍登千古懼內首席，這恐怕是東坡和季常所意料不到的吧？

我們就事論事，牝雞司晨當然不足取，夫婦重有別，應嚴守分際。互相幫助、分勞解憂則可；越俎代庖、擅權作主，則千萬不可。至於河東獅吼，或當眾叱妻，都是夫婦對待之大忌，每人都有自尊心，尤其在親朋好友面前，更不可以讓他（她）難堪，否則傳為笑柄，以後要他（她）如何在這些人面前，抬頭挺胸堂堂正正的做人？對自己又何嘗不是嚴重的傷害？柳氏安貧自得之名不顯，而悍妬之惡名昭彰，這就是一面很好的鏡子。

鮑宣之妻提甕出汲　雅得順從之道
齊御之妻窺御激夫　可稱內助之賢

柔順賢淑，是中國婦女的傳統美德，所以河東獅吼，牝雞司晨，都是罕有特例，而賢妻良母相夫教子的典範，則散佈在中國五千年來的每一個階層，和每一個角落。

這些賢妻良母，常在艱辛的環境中，顯現她們的偉大，以其在困頓的境遇，所以常會說出「嫁雞隨雞，嫁狗隨狗」，以及「生為某家的人，死為某家的鬼」，類似這種堅決而坦然的話。這並不表示她們隨波逐流，或為宿命論者，而實在具有「與丈夫同甘共苦，犧牲奮鬥，把生命投入家庭」的積極意義；也具有「愛到深處無怨尤」的偉大情操。鮑宣之妻，就是一個很好的例子。

鮑宣字子都，西漢高城人，好學明經，舉孝廉而為郎。哀帝即位，大司空何武薦舉他為諫大夫，他屢次上書切諫，都表現了他的膽識，而得到哀帝的優容和採納，於是官拜司隸，後來以摧辱丞相孔光之罪，被髡鉗（去其髮而以鐵束頸）。平帝即位，王莽執政而有謀篡之心，因鮑宣和何武都不肯阿附，所以先後被害（《漢書》卷七十二）。鮑宣之妻為桓少君，到東漢才死，列於《後漢書・列女傳》之首。鮑宣少時，極為清苦，就學於桓氏，桓氏把女兒許配給他，並送了豐厚的陪嫁，鮑宣很不高興，說少君生活在優裕的環境，不免有驕縱的習性，也習慣於華麗的打扮，而他們鮑家貧賤，無法匹配。桓少君說：「大人是因為先生能修品德而守儉約，所以讓我來侍候您，我既然嫁給君子，我會唯命是從。」鮑宣才高興的說：「能這樣才合乎我的願望。」於是退還陪嫁的服飾和侍御，換了粗布的短衣裳，和鮑宣共挽鹿車，歸返鄉里，才入門拜見婆婆，就提甕取水，盡守婦道，為鄉里所稱頌。這正是「嫁雞隨雞，嫁狗隨狗」的順從之道。

由於他們夫賢婦順，所以這對貧賤夫妻，終於飛黃騰達，鮑宣雖然以忠直被害，但他的兒子鮑永《後漢書》有傳），能克紹箕裘。光武時，也授諫議大夫，因功累封關內侯，轉司隸校尉，光武帝還說：「我要讓天下人知道：忠臣之子，又為司隸校尉。」後來，又任東海相、兗州牧。當鮑永任魯郡太守時，鮑永的兒子鮑昱，問祖母桓少君說：「太夫人還記得挽鹿車的往事嗎？」是有告慰她苦盡甘來的意思，桓少君說：「我婆婆說過：存不忘亡，安不忘危，我怎麼敢忘記？」因為她的心存戒慎，才能相夫為忠直之臣，教子得如此的成就，又告誡其孫，得以永保康泰，而且從她的話中，令人體會到，她那淳厚而緜遠的孝思，身為鮑家的老奶奶，仍為遵循婆婆遺訓的好媳婦。後來，鮑昱也官拜司隸校尉、汝南太守，又為司徒、太尉。鮑昱的兒子鮑德，也以志節揚名，累官南陽太守，又拜大司農，死於大司農任內。鮑德的兒子鮑昂，也以孝行節義見稱，只因鮑德病了好幾年，他一直服侍左右，衣不緩帶，居喪又過於哀慟，勞累成病，有三年連走路都成問題，從此守於廬墓，不問世務，朝廷雖然一再徵召他，都不肯去做官。

通常高官巨富的後代，因為驕縱慣了，所以難有三代的好景，而常有誅滅之憂，雖然我們不能肯定鮑門四代顯赫，是得力於桓少君，但她提甕出汲，相夫教子誡孫，不能不說有相當的影響。第五代的鮑昂，居喪毀瘠，固然不足效法，但其孝思，繼歷代祖先，應無愧色。可見鮑家家風之淳厚，和家教的成功。

鮑宣之妻「唯命是從」的順從之道，是以「其夫賢」「其事義」為先決條件，如果丈夫不長進，而作奸犯科，屆時卿本佳人，亦淪落為賊，並不合夫唱婦隨之道。因為在子從父命的前提下，對父母尚有幾諫之義（《孝經・諫諍章》：「當不義，子不可以不爭於父」），何況「妻者齊也」（《白虎通》），更有勸諫的義務和責任。齊御之妻，就是在這方面做得相當成功的範例。

春秋時代，齊國名相晏嬰，賢名遠播，連驕橫的楚王都很服他，他的車夫自覺「與有榮焉」，不免洋洋自得。有一天，車夫的太太偷看自己丈夫駕車的樣子，就鬧著要離婚，車夫問她原因，她說：「晏子身高不滿六尺（以前的尺比較短），身為齊國宰相，又名滿諸侯，還表現出虛懷若谷的樣子；而你身高八尺，只替人駕車，竟志得意滿，難怪你沒有進境，一直這麼卑賤！」車夫從此謙沖自牧，態度完全變了，晏嬰深感詫異，詢問原因，御者據實以告，晏子就推薦他做齊國的大夫。

其實，齊御也只是志得意滿而已，而狗仗門前勢，一些仗主子之威，趾高氣揚或作威作福者，可真是處處皆有，時時可見，只是他們沒有齊御者那麼幸運，既然得不到賢內助的激勵，也只好一輩子狐假虎威驕矜自滿了。

所謂順從賢淑的內助，是指婦女具有同甘共苦，無怨無悔的情操，表現鼎力匡助，犧牲奉獻的行為。一般說來，男人大多剛而直，女子則柔而婉，偉大的母親和賢淑的妻子，就是發揮柔能克剛、韌而能強的特性，以為助力而相夫教子。夫君賢能，則順之從之；夫道有虧，則匡之助之，並培育子女，輔導下一代。所以，古今中外成就非凡的男人，不是有偉大的母親，就該有賢慧的妻子，或兼而有之，他們的成功，都不是偶然的。

殺妻求將　吳起何其忍心
蒸藜出妻　曾子善全孝道

白居易有一首〈慈烏夜啼〉，曾被選為初中的教材，「慈烏失其母，啞啞吐哀音。晝夜不飛去，經年守故林。夜夜夜半啼，聞者為霑襟。聲中如告訴，未盡反哺心。百鳥豈無母？爾獨哀怨深！應是母慈重，使爾悲不任。昔有吳起者，母歿喪不臨。嗟哉斯徒輩，其心不如禽。慈烏復慈烏，鳥中之曾參。」這首詩淺顯易懂、膾炙人口，也就不必再加解釋了。它以烏鴉為對象，以孝親為主題，提出吳起和曾參兩個相反的典型，而《幼學》也以他們師生對待妻室的故事，構成本題這對聯語。

吳起是戰國初期衛國人，喜好用兵之術。年少的時候，家境十分富裕，為求取功名，四處遊歷。結果官沒有做成，倒是把家財耗盡了。鄉里的人取笑他、詆毀他，他從此心理失去平衡，為此連殺三十多人，逃出衛國拜別母親的時候，咬手臂取血立誓：「我吳起要是不能當上公卿將相，就不再回來衛國。」離開衛國，拜曾參為師。不久之後，他的母親死了，他為了信守誓言，始終沒有回國奔喪。最講究孝道的曾子，無法容忍弟子這種行為，於是把他趕出師門。

吳起到了魯國的都城，想以他的用兵之術，求取功名。這時正好齊國興兵侵犯魯國，魯君有意用吳起為將，可是吳起的妻子正是齊國人，怕他會出賣魯國，所以猶疑不決。吳起探知其中的內情，為了不錯過登將拜相的好機會，便不惜狠下心來，殺妻以表明他跟齊國沒有牽連。魯君終於拜他為將，而大破齊軍立了彪炳的戰功。

從吳起「母歿喪不臨」，就可以知道他是一個刻薄絕情的人，尤其「殺妻求將」，利慾薰心，令人齒冷！常言道：「求忠臣於孝子之門」，其實一個男子，會不會是一個好丈夫，也可以從他是否善體親心來推斷。一個人居心仁厚，重恩篤情，在家必為孝子；娶妻之後，會是好丈夫；居官任事，必是好長官，也會是好部屬。一個急功好利，猜忌陰狠的人，儘管工於算計，但由於處處樹敵，所以也無法事事順遂。吳起破齊立功，就有人中傷他，向魯君訴說他的殘忍寡恩，並說：「魯為小國，有戰勝之名，恐怕反而會引起諸侯的圍剿；何況魯衛本是兄弟之邦，魯國重用衛國追捕的殺人犯，這等於是有意跟衛國過不去。」魯君也就不敢留用吳起，把他辭退了。

吳起無法在魯國立足，就去投效魏國，魏文侯任他為將，吳起與士卒同衣共食，臥不設席，行不騎乘，甚至親口為士兵吸出腫爛的膿血，加以他廉直公平，所以深得士卒的擁戴。於是率兵攻秦，連下五城，鎮守西河，表現十分卓越，名聲也很好。但魏武侯即位，設置丞相，吳起醉心相位，卻輪不到他，第三位出任丞相的公叔，備感威脅，就使用離間計，使吳起被武侯所猜忌，吳起為自身的安全，淚灑西河，逃離魏國。丘遲〈與陳伯之書〉所謂「吳子之泣西河」（高中國文課本第六冊），就是指這件事。

吳起轉而投奔楚國，楚悼王拜他為相，使他夙願得償。於是表彰法制，審定律令，淘汰冗官，廢除親等較疏遠的公族，去其爵位，以省公帑，用來養兵增強戰力。他平定百越、北併陳蔡，擊退三晉（韓趙魏），西伐強秦，真是勢如破竹，震懾了諸侯，但權益被剝奪的楚國宗族貴戚，卻想置他於死地。悼王一死，那些宗室大臣起來圍殺吳起，吳起走投無路，直奔寢宮，自己緊貼悼王的屍體，那批人竟肆無忌憚，用亂箭射死吳起，悼王的屍體也就不問可知了。楚肅王即位，查辦這件事，夷宗滅族達七十多家，可見吳起樹敵之多。他這樣有才幹，卻如此慘死，該是他殘忍應得的報應。

把吳起逮出門牆的曾參，是孔子的學生，比孔子小四十六歲。據《孔子家語・七十二弟子解》，說曾參志存孝道，孔子因之而作《孝經》，齊國想聘他為卿，卻不肯去。他說：「父母年紀大了，我如果去食人俸祿，就要憂人之事，我不忍遠離父母而去供人差遣。」可見他的想法和吳起是格格不入的。

據《孔子家語》記載，後母待曾參不好，但曾子卻盡心的奉養她，曾子之妻煮「藜」這種野菜來供奉後母，卻沒有煮熟，曾子要把妻子休棄，人家告訴他，這不在七出（不順父母、無子、淫、妒正、惡疾、多言、竊盜等七個出妻的條件）之列，不應該休棄。曾子卻說：「小事都不聽我的，何況大事呢？」最後還是離婚了。曾子從此不再娶，倒是他的兒子曾元，請求父親再娶，曾參告訴兒子說：「商高宗武丁，因為聽信後妻之言，把賢孝的兒子孝己流放，以致流落而死；尹吉甫也因後妻而放逐孝子伯奇。我比不上高宗和尹吉甫，怎麼知道自己能免於犯錯？」蒸藜出妻的記載，也見於班固的《白虎通》；曾子不再娶的記載，也見於《顏氏家訓・後娶篇》，不過《家訓》是說曾子妻死而不再娶，沒有提「出妻」這回事。

曾子以孝聞名，這是沒話說的。《幼學故事》以「蒸藜出妻」，說他善全孝道，引為美談。從曾子所說的話看來，蒸藜不熟可能是曾子之妻有意報復其後母的行為，不過曾子自己也說這是小事，按理說只要訓誡使其改過也就夠了，犯不著一定要離婚。曾子講究孝道，就是太執著了一點，拘泥而不能全面的權衡其得失，這正是他不如孔子的地方。《孔子家語・六本》還有一段故事，講到曾子之孝。曾子在瓜田除草，不小心斬斷了瓜根，他的父親曾晳盛怒之下用大杖擊其背，這一棒把曾子打昏了，過了好久才醒過來，他很高興的爬起來，表示自己犯錯，幸得父親的教誨，打了對身體沒有妨害，還進屋子援琴而歌，故意讓他父親聽見，好讓他不擔心。

曾子為小事被父親打昏，不但不敢抱怨，還善體親心，依世俗之見，似乎是至孝；但從人倫關係全面衡量，則有悖人情，失之過當。所以孔子引舜侍奉瞽瞍的故事，嚴加訓誡。孔子說：「以前舜侍奉瞽瞍，父親有事差遣他，他一定在身邊；但要殺他的時候，卻始終沒讓他父親得手。所以『瞽瞍不犯不父之罪』，而舜也不失為孝子。」試想曾皙如果失手把曾參打死了，豈不是讓曾皙抱憾終身，還留下不慈之名，對曾參來說，又怎能算是孝呢？

孔子死時，曾參才二十六歲，曾子如果有蒸藜出妻的事，可能發生在孔子死後。要是孔子健在而知道這件事，想必也要訓斥一番。因為蒸藜不熟，既不在七出之列，以小推大，則不免成為「欲加之罪」。再說，他既然能體念兒子而不肯再娶，當初就更應該體念子女孺慕之情，更不要剝奪子女侍母以盡孝道的機會；更何況這件事鬧大了，也顯示「後母遇之無恩」，遺其後母不慈之名，對曾子來說，豈不是也有虧孝道？孔子既然嚴斥他「大杖不逃」，對他「蒸藜出妻」想必不會讚許才是！

弒父自立　隋楊廣之天性何存
殺子媚君　齊易牙之人心奚在

吳起的殺妻求將，固然令人寒心，而隋煬帝的弒父自立，易牙的殺子媚君，更令人髮指！他們都為功名富貴、利祿權勢，竟而迷失人性，喪盡天良！不過也都馬上得到應有的報應。

隋煬帝是隋文帝楊堅的次子，名廣，又名英，小字阿麽，姿儀翩翩又聰敏機靈，所以深得文帝和獨孤皇后的歡心。他小時就善於矯飾，頗有仁孝之名。有一次，他去觀獵，遇到大雨，左右侍從拿油衣（雨衣）給他，他堅持不穿，說士卒都沾濕了衣裳，他不忍一人獨用，楊堅一向儉素，能節用而愛民，極好聲色之娛的楊廣，就在他父親蒞臨之前，把斷絃又有塵埃的樂器掛在房裡，使父親誤以為他不好聲伎而高興得很。當太子勇多內寵，而嫡妃卻因心疾而死，最不得母后諒解的時候，他對王妃蕭氏（他的嫡妻，後來為蕭皇后，性婉順，有智識，深得文帝和獨孤皇后的歡心），表現鶼鰈情深的樣子，甚至刻意巴結帝后的來使。然後他和張衡（河內人，和東漢時發明渾天儀的張衡同名同姓，但不是同一個人）設下奪宗之計，透過宇文述和楊約，勾結楊素，終於獲得獨孤皇后的鼓勵，陷害太子勇。於是文帝在開皇二十年廢太子勇，改立廣為太子，還把楊勇交給楊廣看管。楊勇幾次設法見父親一面，以便申冤，但都被楊廣所阻擋，在不得已的情況下，爬樹大叫，聲聞帝宮，文帝也聽見了，但楊素卻說他癲鬼附身、情志昏亂，所以文帝就沒有召見他，他也就一直沒有辯白的機會。

過兩年，獨孤皇后死了，楊廣在文帝和眾人面前，表現哀痛欲絕的樣子，回到私室，則飲食言笑如常。這時，他又惡毒的陷害三弟楊秀。楊秀封蜀王，為廢立太子的事，十分不滿，楊廣為永絕後患，效法江充誣栽漢武帝太子據的手法，想把他置之死地，結果廢為庶人。

再過兩年，隋文帝病於仁壽宮，身邊有宣華夫人陳氏，和容華夫人蔡氏兩個寵妃，還有大臣楊素、柳述、元巖等人在旁侍候。這時皇太子楊廣應召入居大寶殿，眼看文帝就快死了，怕最後關頭橫生枝節，以密函問計於楊素，那裡知道楊素的回信，卻被宮人陰錯陽差的交給文帝。文帝知道內情而勃然大怒，這時楊廣又強暴宣華夫人未遂，被文帝知道了。文帝派兵部尚書柳述、黃門侍郎元巖，去召楊勇，要復立為太子。楊素看事態嚴重，趕緊報告楊廣，於是矯詔捕柳、元二人入獄，立即封鎖宮殿，嚴禁出入，派張衡入寢殿侍疾，遣退所有宮人到別室，文帝隨即崩逝，所以宮內宮外議論紛紛。據《馬總通曆》的記載，文帝死時，還血濺屏風，冤痛之聲，傳聞於外。當晚，宣華夫人就成為太子廣的戰利品，容華夫人也劫數難逃，淪入他的魔掌，楊勇也隨即被殺。

太子廣即帝位，改元大業，大興土木，造西苑，置離宮，開邗溝、通濟渠、永濟渠，又修築長城，賦重役繁，民不聊生，於是群雄並起，而他還沈緬酒色，不以為憂。後來南巡到江都，留連忘返，為宇文化及所弒。弒父者也被弒而死，真是報應！他諡號煬帝，依照諡法，其稱煬者，為好內（內宮女子）遠禮，去禮遠眾，或逆天虐民，所以也可以說是遺臭萬年了。

易牙，是春秋時代齊國人，善於調味，孟子也說過：「至於味，天下期於易牙。」齊桓公用為寺人，因為他的專才，本來就很得寵了。桓公有一次說自己已嘗遍山珍海味，只是沒有吃過蒸煮的嬰兒。易牙為諂媚桓公，竟然把自己的兒子殺了，把頭蒸煮調味，呈獻給桓公。桓公當然十分感動，當丞相管仲臨終的時候，桓公還問管仲，是不是可以請易牙繼任丞相？管仲說：「依情理來說，人沒有不愛自己的子女，連親子都不愛的人，怎會真正的愛其君呢？」桓公又問：「豎刁如何？」管仲也以為：人無不愛其身，他卻殘毀了自己的身子，不是人情之常。桓公再問衛公子開方如何？管仲認為他背棄親人來討好桓公，而齊衛只不過是數日的行程，他竟然十五年都不回去一趟，這三人不是生性殘忍，就是矯情掩飾。生性殘忍，必不愛其君，不親於民；矯情掩飾，必有不軌的意圖，終有一天會露出猙獰的面目。

管仲死後，桓公並沒有聽從管仲的忠告，以致易牙、開方和豎刁專權。又因齊桓公有三位夫人，都沒有生兒子，而內寵有六人（大衛姬、小衛姬、鄭姬、葛嬴、密姬、宋華子）地位如夫人，都生了兒子。當年桓公和管仲把鄭姬所生的昭，立為世子，託付給宋襄公，而易牙受到大衛姬的寵信，勾結豎刁，設法使大衛姬所生的無虧，得到桓公的寵愛。桓公一死，易牙和豎刁大鬧宮廷，屠殺不聽從的官吏，擁立無虧為國君。世子昭逃到宋國，五公子爭位，相互攻打，於是沒有人收殮桓公的屍體，停屍在床上達六十七天之久，屍體生蛆蟲，都爬到門外。一代霸王，身後竟如此悽慘，豈不令人扼腕歎息！

無虧在位只三個月，宋襄公擁齊世子昭，帶諸侯之兵攻打齊國。無虧被殺，易牙和豎刁的命運，也就不問可知了。

隋煬帝弒父自立，齊易牙殺子媚君，如此殘酷，既無父子骨肉之情，當然也不會有君臣之義。為子不孝，為父不慈的人，為君必不愛其民，為臣必不忠於君。自古以來，未有不孝其親而能忠於國君者，也未有不愛其親而能仁於其民者，所以「求忠臣於孝子之門」。因此夫婦雖為人倫之始，而父慈子孝卻是百行之先，也是仁德之本。孔子說：「夫孝，德之本也，教之所由生也。」（《孝經》）。因為它發乎人性之自然，而團結民族、建設國家，也必以此為基礎。古人明乎此，所以特別強調孝道，也講得最完備，這不但是我國精神文明的特色，也正是傳統文化的精華。

毛義捧檄　為親之存
伯俞泣杖　因母之老

《孟子》說：「不孝有三、無後為大」（〈離婁〉），這已成為中國人耳熟能詳的成語，勸男人婚姻及時，固然套用它；執意生個男孩，也利用它；甚至想藏嬌納妾的，也以它為藉口。然而所謂不孝有三，其他兩項是什麼？孟子沒說，所以知道的人就不太多了。東漢趙岐為《孟子》作注，他說：「於禮，有不孝者三事：阿意曲從，陷親不義，一也；家貧親老，不為祿仕，二也；不娶無子，絕先祖祀，三也。三者之中，無後為大。」

那麼所謂三不孝，除了不娶而無子，斷了祖先香火之外，其他兩項，有一項是不能做到孔子所說：「當不義，則子不可以弗爭於父」（《孝經・諫諍章》），而一味的曲從阿附。另一項是家貧而親老，卻一味的自鳴清高或慵懶成性，不肯做官任事。所以，為人子者，父母有失，不能不諫諍；親老家貧，為了奉菽水之養，也就不能像陶淵明那麼灑脫了，毛義捧檄就是一個很好的例子。

毛義，後漢盧江人，家貧而以孝行聞名於當時。那時有南陽人張奉，慕毛義之名特來拜訪，才寒暄坐定，正好官府有召書傳來，徵召他出任安陽守令，毛義捧著檄書（召書），喜形於色。張奉以為他只不過好名邀利之徒，很瞧不起他，懊惱來此拜訪，於是立即告辭而去，場面相當尷尬。後來毛義的母親死了，他即辭官守喪，毫不戀棧。不久，地方政府推舉他為賢良，這是漢代的科舉，是進身仕途最好的階梯，他卻始終不肯去。這時張奉才為之恍然，說：「賢者之心，是不能隨便臆測的。當年毛義捧檄而喜，是為養親的緣故，這正所謂『家貧親老，不擇官而仕』，我誤會他了。」後來漢章帝還下詔褒揚毛義，賜穀千斛。他最後壽終於家，沒有做官，可見他確實不是熱衷功名的人。

毛義雖為養親之故，捧檄自喜，但我們要了解：他是以孝行而致厚祿，並不是鑽營干求而得；若是干求而得，便是班固所謂「崇養以傷行，孝之累也」（《漢書》卷六十九），班固又說：「夫患水菽之薄，干祿以求養者，是以恥祿親也；存誠以盡行，孝積而祿厚者，此能以義養也。」毛義就是以義養親，而不是以恥祿親，這一點不能不辨別清楚。干祿求養，已是孝之累也，如果為養親而取不義之財，那就成為孝之賊也，就像鄉愿是德之賊也，似孝而非孝，因為孝是「始於事親，終於立身」（《孝經・開宗明義章》），立身有虧，何以言孝？因此，絕不能以養親做為取不義之財的藉口，這是我們所要注意的。

養親最起碼的口腹之養，不僅是食物供奉無缺，還要注意雙親健康的維護。對親體健康，能由微知著加以注意的，伯俞泣杖是值得一提的榜樣。韓伯俞，漢朝梁人，侍親至孝，有次犯過，母親打他，他哭得很悲傷。他的母親感到奇怪，就問他說：「以前我也打過你，你都高興的承受，今天打你為什麼哭得那麼傷心？」伯俞說：「以前打我會痛，知道母親康健有力，今天打我不痛，知道母親年老力衰，所以才哭的。」伯俞受杖不怨，而一心一意注意母親的健康，這是很值得稱道的；不過他在母親面前，為母親力衰而痛哭，是不大妥當的。中老年人的健康，心理因素比生理因素更重要，只要心有所繫，不知老之將至，自然有旺盛的生命力；如果時時感惕自己年老力衰，便會覺得處處不對勁，不是覺得這兒疼，就是感到那兒痛，精神先崩潰，就不免百病叢生了。這一點恐怕是因為當時伯俞年紀還小，所以不曾考慮，我們當然不忍苛責。

有伯俞泣杖的故事，也就有「棒下出孝子」的說法，現在的教育學家和心理學家，都反對這種打罵的訓導方式，認為會傷害子女的自尊，引起反抗心理。其實這要看它如何運用了，為人父母者，如果性情暴躁，動輒拳打腳踢，為父不慈，這當然不是教子之道；如果能心平氣和，恩威並重，有過則誡，情節重大，或一犯再犯，偶而用「夏楚二物，收其威也」《禮記・學記》，也不失為一種輔助的教育方式。至於維護子女的自尊，那就要注意施罰的時間和地點，不能在大庭廣眾或其朋友面前，施予責罰而失其顏面；同時也不能父母交相責打，使他無所依恃。如果能使子女深切體認：國有國法，家有家規，明知故犯則必須接受制裁，教訓時發乎情而合乎理，一以嚴教，一以慈撫，互相配合，則一方面可以矯正行為上的過失，再者，也可培養講理守法的習慣，應該不會產生反抗的心理，或失去心理的平衡，反而會更善體親心，知所奮發。未成年的人，對情欲本來就缺乏自制的能力，因勢利導，固然是最佳的方法，但如果不能給予約束的力量，輔之以消極的制裁，恐怕也難收到惕勵的效果。過分的寵愛溺愛，任其隨心所欲，或百般呵護，卻使子女視為當然，以後稍不順遂其意，則必怨怒父母，那就「愛之適足以害之」了。這類事例，俯拾即是，每人都時有所聞，或親眼所見，也就不必求證於古人了。

伯俞泣杖，在某些西洋學者的心目中，可能會把它當作特殊的個案，不合心理反應的常則；但在中國人心目中，泣杖的心態，孝親的意識，都是天經地義的，而且我們可能都體驗過。關於這一點，或許也是沒有我國文化素養的人，所難以理解的呢！

菽水承歡　貧士養親之樂
義方是訓　父親教子之嚴

上一篇我們提到「菽水之養」，也引了班固所謂的「水菽之薄」。菽是豆類，菽水之養是指用豆子和白開水等粗疏的飲食，來奉養父母，因為疏薄，所以說水菽之薄。在《禮記・檀弓》，有一段記載子路感傷貧士侍親，「生無以為養，死無以為禮」，孔子回答他說：「啜菽飲水，盡其歡，斯之謂孝。斂手足形，還葬而無槨，稱其財，斯之謂禮。」這是「菽水」典故的由來。孔子認為孝子養生送死，但求盡心盡力，不一定要甘旨無缺，即使只讓雙親啜菽飲水，但能使他們盡其歡樂之情，那就是孝了；雙親亡故時，即使只能用衣棺，斂其身首四體，速葬而沒有槨材，但能盡其財力以送終，這就合乎禮了。所以「孝」不是富門豪族的專利，而在於「生事愛敬，死事哀戚」（《孝經・喪親章》）那種心理意識的發揚和實踐。

「生事愛敬」的基本精神，在《論語・為政》有很具體的說明。子游問孝，孔子說：「今之孝者，是謂能養，至於犬馬，皆能有養，不敬，何以別乎？」所以口腹之養並沒有什麼了不起，甘旨無缺也不能算是孝，而重在「敬」的表現。至於「死事哀戚」，《論語・八佾》也有所發揮。林放問禮之本，孔子說：「大哉問！禮，與其奢也，寧儉；喪，與其易也，寧戚。」所以孝子送死之禮，不在侈陳排場和熟習禮數，而在哀戚之情。經孔子的指點，子路總算弄清楚了，所以《禮記・檀弓》還記載子路的一段話，他說：「吾聞諸夫子，喪禮，與其哀不足而禮有餘也，不若禮不足而哀有餘也。」

有關事親之孝，孔子說：「孝子之事親也，居則致其敬，養則致其樂，病則致其憂，喪則致其哀，祭則致其嚴」（《孝經・紀行章》），可以說是最扼要的說明。

我們稱父子之親為骨肉之情，以己身為父母血脈的延續，所以說「身體膚髮，受之父母，不敢毀傷。」（《孝經・開宗明義章》），心存「毋忝爾所生」之念，不敢為所欲為。子女當然也是這大我的延伸，所以對子女，不只是本乎天性的親情之愛，更具有承先啟後的嚴肅責任。所謂「不孝有三，無後為大」，以及光宗耀祖的思想，都是這信念下的產物。這和西洋重視個人價值，追求自我獨立，強調個體發展，小我大我，大相異趣。在宗族大我的觀念下，於是父權伸張，教子特嚴，這是中國傳統社會的特色之一。

關於教子之嚴，義方是訓，《三字經》有所謂「竇燕山，有義方，教五子，名俱揚」。《幼學瓊林》在續增的部分，也提到這件事，所謂「桂子聯芳，見燕然之家教」，這是指五代時竇禹鈞，五子相繼登科。但「義方是訓」的典故，應該是出於《左傳》。

春秋時代，衛莊公（西元前七五七至七三五年在位）娶齊國公主莊姜（姜是本姓，莊是諡號）為夫人，既美麗又賢慧，衛國人還賦了一首〈碩人〉詩，來讚美她，這首詩被收入《詩經》。不過很可惜的是她沒有生兒子，衛莊公又在陳國迎娶了厲媯和戴媯姊妹，厲媯生了孝伯，但是早死；戴媯生的兒子名完，由莊姜撫養，就是後來的衛桓公。此外，莊公還有一個寵妾，生了一個名叫州吁的，很得莊公的寵愛，又愛好兵事，莊姜很討厭他。

這時，大臣石碏就勸莊公：「愛子教之以義方，弗納于邪」，方謂正道，邪謂邪路。他認為真正愛子之道，應該是引導他走上正途，而不讓他走上邪路；驕奢淫佚會讓人走上邪路，而驕奢淫佚是父母寵愛太過所養成的。石碏認為人總是恃寵生驕，驕者不能屈己以服人；當他必須屈己以服人的時候，內心必充滿怨恨；當他心中怨恨，就很難克制自己，所以會出亂子。石碏還很剴切的說：除非以後由州吁繼位，否則要對他嚴加約束，因為他已恃寵坐大，威脅到尊貴而年長的桓公，此時再寵他而不教他「君義、臣行、父慈、子孝、兄愛、弟敬」之道，禍害很快就會到來。

衛莊公並沒有採納石碏的話，而石碏的兒子石厚，和州吁過從甚密，石碏雖然禁止他們交往，但因為州吁貴為公子，又得君寵，石碏也拿他沒辦法。

莊公死後，桓公繼位，石碏告老退休，十六年後（西元前七一九年），州吁終於弒桓公自立，並鼓動宋、陳、蔡三國以攻鄭，想藉對外的軍事危機，來轉移國人對他不滿的情緒；還圖謀拉攏這些諸侯，以取得外交上對他篡位的認可，但這次戰役只有小規模的接觸，就不了了之。這時州吁仍然沒有得到國人的擁戴，石厚就問他父親，要如何才能使州吁坐穩衛侯的寶座？石碏回答他說：「去覲見周王，得到周王的認可，就名正言順了。」石厚又問：「要怎樣才能見到周王，而得到認可呢？」石碏說：「陳桓公很得周王的寵信，而目前陳衛的關係不錯，如果去拜訪陳桓公，請他引見的話，就沒有問題了。」於是石厚和州吁就到陳國去，石碏趕緊派人向陳桓公說：「這兩個人是我們衛國弒君的叛逆，只因我們國小力薄，而我石碏也老了，所以無力討伐。如今他們到貴國去，就請您為我們除害吧！」陳桓公把他們逮捕，衛國公室派右宰醜把州吁殺了，石碏也派家臣獳羊肩，把石厚殺了。

《左傳》稱讚石碏是純臣，能為國除賊，且能大義滅親。其實他是寂寞的、痛苦的，他已見禍患於未然之前，卻進諫無效，莊公不能了解，所以只能救患於已然之後，賠上親子一命，付出多麼大的代價；他明知教子義方之道，但因州吁的尊貴得寵，使他無法對兒子嚴其義方之教，以致晚年自刮骨肉、滅絕親子，是多麼痛苦的歷程！而這些禍害，都肇因於莊公寵子太過，這真是血淋淋的教訓。

不過兩千多年來，還有不少人不能記取這深刻的教訓。古往今來，仍有多少豪門子弟，循著「因寵而驕，因驕而縱，因縱而暴」的軌跡，再蹈覆轍，到禍害臨頭，才後悔莫及！多少仗勢欺人擾亂安寧的不良少年，多少巧取豪奪魚肉良民的社會殘渣，多少忤逆父母揮霍祖產的不肖子，泰半是富家豪門所寵溺的心肝寶貝！

不癡不聾　不作阿家阿翁
得親順親　方得為人為子

為父母者寵溺護短，子女就不免「因寵而驕，因驕而縱，因縱而暴」，為害就大了。所以教子之嚴，義方是訓，最忌護短了。

護短不但會縱子為惡，而且常是芳鄰失和、妯娌反目的主因。同時，也會使親家成冤家，地位愈高，禍害愈大，所以有「齊大非耦」之歎。依《左傳》記載，晉景公時，趙家夷族之禍，就是景公護短，只聽一面之詞所致。當時趙盾之子趙朔，娶公主為妻，趙朔死後，公主與趙嬰私通。為這件事，趙嬰被同胞兄弟趙同、趙括（都是趙盾的同父異母兄弟）放逐。公主惱羞成怒，就陷害趙家（這和《史記》所載不同，不過史家考證，以《左傳》之說較為可信）。於是除了公主所生的趙武之外，功業彪炳的一門忠良，慘遭殺害。相形之下，唐代郭子儀就幸運多了。

郭子儀是唐代華州人，以武舉出身，累遷而為朔方節度使，平定安史之亂，其功第一，唐肅宗就對他說：「國家再造，卿力也。」郭子儀事上以誠，待下以恕，賞罰必信，與李光弼齊名，而寬厚待人則過之。當大難略平，群小肆讒，他位重懇辭，失寵無怨。到後來吐蕃、回紇，分道入侵，這時，他並沒有幸其危以邀君，也不挾憾以報仇，光明磊落，晏然效忠，以單騎入回紇軍，結歡誓好，於是聯合回紇，大破吐蕃。德宗時賜號尚父，進太尉中書令，身繫國家安危者二十年。他有八子七婿，個個貴顯朝廷，據說諸孫數十，他不能盡識，來請安時，他只頷首而已。真是富貴壽考，哀榮終始。唐史臣裴垍說他「權傾天下而朝不忌，功蓋一世而上不疑，侈窮人欲而議者不之貶」，完名高節，燦然獨著，實在不容易。不過郭子儀能如此，固然是功業蓋世，為人誠恕，所以致之；另方面也是那時數代君王，都不像是晉景公那麼昏瞶護短。

郭子儀的第六子——郭曖，十幾歲的時候，娶了當時也才十幾歲的唐代宗第四女——昇平公主，兩人稚氣未泯，不免起爭執，郭曖就指著公主說：「妳倚仗著妳的父親是皇帝，是嗎？那是我爸爸不想幹的，沒什麼了不起！」公主氣得回宮告狀，代宗安慰她，並要她回郭家。郭子儀十分緊張，因綁了兒子，入宮待罪。代宗說：「不癡不聾，不作阿家翁，兒女小輩的閨房之言，聽他幹什麼？」就這麼輕描淡寫，化危機於無形。做為親家翁如此明理，當然是一片祥和之氣。

德宗時，朱泚亂起，郭曖以居喪拔身虎口，赴難奉天，《唐書》讚美他，說「忠孝之門有嗣矣」。他有個女兒為廣陵郡王妃，郡王即位為憲宗，她就成為憲宗妃，生了穆宗。穆宗即位，尊妃為皇太后。當年郭家的遭遇，如果也像春秋時晉國的趙家，那麼唐朝宗室的歷史，恐怕也要改寫了。

為人父母者，應該有唐代宗的器識，對兒女小輩間雞毛蒜皮的小事，如果無關宏旨，大可冷眼旁觀，裝癡裝聾，不聞不問，千萬不要增長子女的氣燄。從近處說，可以敦親睦鄰，減少無謂的紛擾；從長遠來看，可避免子女恃寵生驕，在人格上才能有健全的發展。尤其官宦豪門，更不能過於呵護，給他們太多的特權與方便，使他們本身無法健全，既經不起任何挫折，甚而腐化墮落，終致養癰為患，對家庭對社會對國家，都是莫大的禍害。

《孟子》說：「天將降大任於是人也，必先苦其心志，勞其筋骨，餓其體膚，空乏其身，行拂亂其所為，所以動心忍性，曾益其所不能。」玉不琢不成器，為人父母者，宜三復斯言。

通常寒門子弟都親身領略生活之不易，或目睹創業的艱難，因此比較善體親心，知所淬勵，有所奮發，所以也比較能得乎其親，順乎其親。孟子說過：「不得乎親，不可以為人；不順乎親，不可以為子。」天下父母，那有不望子成龍的？那些白手起家或功業蓋世者的第三代，既得到祖德餘蔭，就更應該善體親心，順乎其親。以守成不易，惕勵其心；或以克紹箕裘為職志，力圖恢宏先緒；或以充閭跨竈為念，以徵風烈。

元方季方俱盛德　祖太邱稱為難兄難弟
宋郊宋祁俱中元　當時人號為大宋小宋

「難兄難弟」，原是後漢時太邱令陳寔，說他兩個兒子「元方難為兄，季方難為弟」，後經濃縮而成的成語。陳寔，字仲弓，潁川許人。出身單微，桓帝時當太邱令；靈帝時，大將軍竇武提拔他為掾屬。他在當時以德行負盛名，有六個兒子，以陳紀（字元方）、陳諶（字季方）最賢。時人稱他們父子為三君，豫州百城，都畫有他們的形貌，供人瞻仰，以砥礪風俗。陳紀的兒子陳群，三國時，為魏國司空，小時候和堂兄弟――陳忠（陳諶的兒子），各論自己父親的功德，二人爭之不下，就去請祖父陳寔評判，陳寔就說了那兩句話，意思是說：「元方有季方這樣的弟弟，當稱職的哥哥可不簡單；季方有元方這樣的哥哥，要成為可以比並的弟弟，那也很不容易。」這雖然是祖父回答孫子的話，但實際上是父親讚賞兒子，主詞是元方和季方，太邱令是他們的父親，所以《幼學》稱祖太邱並不相宜。至於這裡所謂的「難」，是指在對方盛名之下，該有「難為」之歎！後人稱讚人家兄弟皆賢，就說「難兄難弟」。後來，可能是一些尖酸刻薄或俏皮促狹的人，挖苦那些不成材的兄弟，套用這個成語來譏諷，卻被人沿用，於是它的內質，就由淳美而變酸變臭了。

關於陳寔，還有一個很著名的成語故事。他任官時，有一年災荒，收成不好，有個小偷夜晚摸入陳家，躲在屋樑上，想要見機行竊，卻被陳寔無意中發現了。他端正了自己的儀容，把兒孫召到面前，很嚴肅的告誡他們，說：「一個人不能夠不自我勉勵、奮發向上，行為不端的人，本性不一定是壞的，只是他不求長進、慵懶成性罷了。在我們屋樑上的那位君子，就是如此。」小偷聽了，趕緊下來叩頭請罪。陳寔說：「看你相貌堂堂，並不像個壞人，以後要好好約束自己，改過遷善，這次想必是被生活所逼，才來行竊的。」於是送他兩匹絲綢。據說這件事傳揚開來，全縣竊盜為之絕跡，而「樑上君子」也成為小偷的代名詞。

陳寔之盛德，聲動朝野，但遭黨錮之禍。當時太尉楊賜，司徒陳耽，當他們官拜公卿的時候，大家都來道賀，他們卻都表示：像陳寔這樣的人不能登此大位，而自己先登，深感慚愧。後來黨禁解除，大將軍何進和司徒袁隗，都表示要推薦他，但都被他所婉拒。以後，每有三公出缺，大家都屬意陳寔，朝廷也一再徵召他，但他已絕意仕途，不肯任官，於靈帝中平四年（西元一八七年），在家病死，享年八十四。何進遣使弔祭，天下赴祭者，多達三萬多人，還有數百人為他披麻戴孝，可見他德望之高。

至於這對難兄難弟，除了被畫為形圖，列之百城，供人瞻仰，以礪風俗之外，也深為當時卿大夫所推重。只惜陳諶死得早，而哥哥陳紀，連專橫的董卓，都對他禮敬有加，派使者到陳家，拜為五官中郎將，他到京師後，又遷為侍中，出任平原相。董卓想挾獻帝西遷，希望陳紀附和他，陳紀卻勸他「事委公卿，專精在外」，不要干政，並說：「若欲徙萬乘以自安，將有累卵之危，崢嶸之險」。這些話完全違背董卓的旨意，由此可見陳紀的膽識和卓見。後來他又追拜太僕，再徵為尚書令。建安初年，袁紹為太尉，要讓給他，他不肯接受。後來任大鴻臚，年七十一，卒於官。范曄在《後漢書》說他們陳家父子：「據於德，故物不犯；安於仁，故不離群；行成乎身，而道訓天下，故凶邪不能以權奪，王公不能以貴驕。」真是讚美有加。

棠棣競秀，兄弟聯芳，堪稱難兄難弟的，除了元方、季方之外，還有宋郊、宋祁兄弟。他們是北宋安州安陸人，二人都以文章享有盛名，在開封府試，宋郊得第一，兩人又同舉進士，禮部奏宋祁為第一，宋郊為第三。當時章獻太后不希望弟弟佔先，所以提升宋郊為第一，把宋祁置為第十。人家就說他們兩人都中了狀元，稱之為二宋，而以大宋小宋別之。宋郊因為被認為名字不祥（宋為朝名，郊交同音，連讀不祥），所以改為宋庠。皇祐年間，拜兵部侍郎，同平章事，為輔弼之臣。宋祁累遷為龍圖閣學士、史館修撰，和歐陽修共修《唐書》。後來出知亳州，十餘年間，不論在朝或外放，都以史稿相隨。《唐書》完成，〈本紀〉、〈志〉，題歐陽修所撰，而〈列傳〉都題宋祁所撰。後來，他又任左丞、工部尚書、翰林學士承旨。史家認為他們兄弟二人，都以文學致顯，弟弟宋祁尤其能文而長於議論，但清約莊重、孤風雅操，則哥哥勝過弟弟。在文才和德行上，人家都是以兄弟作比較，在成就都很高的情況下，再分其高下，的確也是盛名之下，難為兄難為弟的一對。

兄弟素稱手足（在今日社會，應該包括姊妹），為一本所生，是世界上最近似於自己的人，所以以友愛為兄弟相待的第一義。大宋小宋，最為史家所稱道的，不在能文的才華，也不在雅操德量，而是他們的友愛，譬之為「有宋以來，不多見也」。以友愛為基礎，進而為玉昆金友，如花萼之相輝；退而聲氣相應、患難相顧。在學行上，自然要相切磋琢磨；在志節上，也要相砥礪互勉，發揮手足一體的精神。這固然是我國倫理教育的要求，也將在人生旅途中有最得力的幫手。

東征破斧　周公大義滅親
遇賊爭死　趙孝以身代弟

周公姓姬，名旦，是周文王的兒子，武王的弟弟，輔佐武王伐紂而平定天下，封於曲阜，為魯公，但他沒去而留在武王的身邊幫忙。武王崩逝，成王即位，因為成王年幼，加以天下甫定，周公怕諸侯有變，於是攝政踐阼。這時管、蔡、霍三個武王和周公的兄弟，懷疑周公別有所圖，乃散布流言，說周公將不利於成王，周公避居於東。後來有雷風之異，禾苗偃倒，大木連根拔起。國人大為恐懼，成王入內府，打開金縢（以金屬繩索捆束的櫃子），看到早年周公禱告上天，願以身代武王而死的禱告文，大為感動，乃親自郊迎周公返國攝政。管叔（文王第三子，名鮮）、蔡叔（文王第五子，名度）、霍叔（文王第八子，名處），乃挾商紂的兒子武庚作亂。周公奉成王之命東征，為君國大義而滅其親，殺武庚和管叔，放逐蔡叔，貶霍叔為庶人。

周公東征，是周朝初期的大事，也就留下不少的詩篇。如《詩經・豳風》的詩章，就大部分和這件事有關，其中〈破斧〉一首最為明確：

既破我斧，又缺我斨。周公東征，四國是皇。哀我人斯，亦孔之將。
既破我斧，又缺我錡。周公東征，四國是吪。哀我人斯，亦孔之嘉。
既破我斧，又缺我銶。周公東征，四國是遒。哀我人斯，亦孔之休。

斧、斨都是伐木析薪的工具，也是兵器；錡是鑿子一類的器物，銶為鑿柄。說這些東西既破又缺，表示周公勤勞於外，征伐日久，兵器都破損了。四國是指四方之國，也就是天下的意思；另有一說，是指造謠反叛的四個諸侯。皇即匡，匡復糾正的意思；吪即化，受其薰化的意思；遒即固，團結鞏固的意思。天下既已匡正，受其感化而歸心，任務已達成，征人也可以休息了。將是大也；嘉、休，都是美好的意思，是讚美周公憐恤人民的德意，真是偉大極了，美極了。

這首詩，把周公的劬勞，東征大義之所在，表露無遺。大義當前，雖滅絕兄弟之親，也是值得讚美的。這種識大體，明大義，顧全大局，正是禮治精神的極致，也是今日講究法治的基本精神。

禮義也是我中華文化的精髓。禮者理也，義者宜也。理之所存、義之所在，勇往直前，視死如歸。周公大義滅親是如此，而趙孝代弟爭死，也是如此。

趙孝是後漢沛國蘄人，字長平。當王莽之世，天下大亂，人飢相食，他的弟弟趙禮，為餓賊所俘。趙孝知道了，趕緊自綁而送上賊門，他說：「我弟弟久受飢餓，又瘦又弱，沒有我肥壯。」餓賊大感驚異，把他們放了，只要他們拿一些米糧來。趙孝回去後，無法籌措，就又回到賊人那兒，情願被烹煮，賊人深受感動，還是放他回去。東漢明帝後來知道他的行為，以他為諫議大夫，又出任衛尉，以趙禮為御史中丞，並詔令他十天去一趟衛尉府，由官府備其所需，使他們兄弟能相對盡歡。

趙孝對弟弟的友愛之情，當然很令人感動，不過在異時異地，其作法就有商榷的餘地。在民風淳厚的漢代，對良心未泯的餓賊，他這樣義薄雲天，終於感動賊人，救回弟弟。在那時，還有汝南的王琳，齊國的兒萌，梁郡的車成，都是用同樣的方法，從赤眉餓兵的手中，救回自己的弟弟。如果當民情澆薄之際，遇上窮凶「餓」極的盜匪，那就來一個殺一個，來兩個殺一雙，救弟不成，反賠一命，使父母痛失二子，又何以言孝？

春秋時，衛宣公為太子伋娶齊國之女，尚未入室，宣公驚艷其色而自娶之，生子壽和子朔。後來這位齊女和子朔，專在宣公的耳邊說太子的壞話。宣公也因為強佔其妻，內心有鬼，就派太子到齊國去，給他以白色犛牛尾做裝飾的旗幟，收買盜匪在邊界劫殺他。子壽知道內情，請太子不要去，但太子說：「人不可違父命以求生。」子壽就以酒餞行，偷了旗子先到邊界，盜匪看到旗子把他殺了。太子趕去時，子壽已死，於是對盜匪說：「你們要殺的是我！」盜匪也就毫不客氣的殺了太子。

子壽代哥哥犧牲的精神，的確難能可貴；而太子伋就不免迂而失當，也不曉得是他低估了盜匪的兇殘，或是以為義無反顧，萬死不辭。其實，他輕易送死，既陷其父於不義，也辜負弟弟的一片苦心。同樣的視死如歸，卻落得不義之名，還愧對弟弟，是多麼不智！

因此，兄友弟恭固然是兄弟對待的基本原則，代兄弟受死，確也是它的極致，但還是以義為依歸。大義當前，周公滅手足之親。義之所在，兄弟既不能同惡相濟，也不該包庇護短，更不要輕易枉送性命。發揮友愛的精神，須作理智的策畫與抉擇，才合乎我國倫理道德的規範。衛太子伋的受死，猶如晉太子申生的自縊，其情可憫，其行則愚，既陷父於不義，又貽國家變亂之災，這可能是他們視死如歸時，所不曾想到的吧？

煮豆燃萁　謂其相害
斗粟尺布　譏其不容

曹植，字子建，是曹操的第三子，魏文帝曹丕的弟弟。他才思儁捷，詞藻富麗，在中國文學史上是赫赫有名的大家。南北朝時，狂放的詩人謝靈運，就說：「天下才共一石，曹子建獨得八斗，我得一斗，自古及今共用一斗。」由他的自負，更可看出對曹植的推重。

由於曹植聰穎過人，十幾歲就精通詩論辭賦，他寫的文章，連曹操都不大敢相信是出自他的手筆。建安十五年，銅雀臺落成，曹操要兒子們登臺作賦，曹植援筆立就，曹操大為歎賞。曹植就半帶撒嬌的跟他父親說：「這次可是看到的，我字字出自胸臆，是獨造而不是抄襲的。」曹操卻詭黠的說：「才不呢！你說那個字是你造出來的？」說罷哈哈大笑。在《三國演義》裡，還寫諸葛亮竄改賦中「覽二橋於東南兮，樂朝夕之與共」，為「攬二喬於東南兮，樂朝夕之與共」，用來激怒小喬的丈夫周瑜，使他立意抗曹，而有赤壁之戰。

曹植本性簡易，是性情中人，不好威儀，服飾也不尚華麗。曹操問他難題，他都能應聲以對，所以很受寵愛。曹操有好多次都想立他為嗣，使曹丕備感威脅，所以曹丕即位後，對他百般迫害。據《世說新語》記載，曹丕逼他在七步中，完成以他們兄弟為內容的詩篇，不能完成就行大法，曹植應聲而成詩：「煮豆持作羹，漉菽以為汁，萁萁釜下燃，豆在釜中泣，本是同根生，相煎何太急！」菽是豆子，萁是豆莖，釜是鍋類的烹飪器，全詩淺顯易懂。張溥的《漢魏百三家集》，引《漫叟詩話》，則為五言絕句：「煮豆燃豆萁，豆在釜中泣，本是同根生，相煎何太急！」後人就常以七步之才，比喻作詩之敏捷；而以「煮豆燃萁」比喻兄弟相害了。

除了「煮豆燃萁」之外，「斗粟尺布」也被用來比喻兄弟不能相容，這是漢文帝和淮南厲王的故事。

淮南王劉長，是漢高祖劉邦的少子，他的母親本是趙王張敖的美人。高祖在位第八年，經過趙地，趙王把她獻給高祖，得幸而有了身孕。高祖把她留在趙地，趙王就為她另築外宮。接著，貫高謀反的事，牽連了趙王，連同劉長的母親，全遭收捕，而她懷孕的事，經由獄吏稟報高祖，但高祖在氣頭上，所以未加理會。她的弟弟趙兼，拜託辟陽侯審食其在呂后面前想辦法，但呂后善妬，不肯為她進言，辟陽侯也就不再說什麼。她生下了劉長，就自殺了。獄吏抱著幼兒送到高祖的面前，高祖才有些懊悔，葬了趙女，令呂后撫養劉長。高祖十一年十月，淮南王黥布謀反，經平定後，就把淮南王位和封地給了劉長。由於他一直依附呂后，所以在惠帝和呂后時，都沒有遭受禍害。

文帝即位，淮南王自以為和文帝的關係最親，所以非常驕縱，屢次犯法，文帝總是加以寬赦。文帝三年，他入朝，驕橫更甚，隨文帝去狩獵，與文帝同車而坐，稱兄道弟而不稱君臣，他又去椎殺辟陽侯，然後入宮謝罪。文帝同情他是為母親報仇的，還是赦免了他。這時，連薄太后、太子，以及大臣都畏懼他。於是他更囂張，回封地後，不用漢法，自制法令，上比天子。終於在文帝六年謀反，事機敗露，丞相張蒼等論議，認為依律處斬，文帝下令廢其王位，免其死罪。張蒼主張將他安置在蜀郡嚴道縣邛萊山，由縣府供應米糧。文帝如其所請，不過每天額外供給五斤肉、二斗酒，並准許他最愛幸的美女十人隨往。

朝廷把與淮南王謀反的人，全部誅殺，把淮南王裝進有帷幔的檻車中，袁盎諫文帝說：「陛下一向寵縱淮南王，沒有為他設置嚴的傅相，以致有今天的下場。而他為人剛烈，如今橫加摧折，恐怕會受不了，陛下會招致殺弟之名。」文帝說：「我只是讓他嘗點苦頭，我會讓他回來的。」沿途各縣，都不敢打開檻封，淮南王在裡面絕食而死，到雍縣打開檻封，才把死訊傳報上去。文帝哭得很悲痛，告訴袁盎說：「我沒聽你的話，終於害死了淮南王。」乃命令丞相、御史查辦，凡沿途各縣沒有打開檻封侍候飲食的人，後來全都棄市，而以諸侯之禮葬淮南王。謚號為「厲」。

文帝八年，淮南王的四個兒子都才七、八歲，全部封侯。文帝十二年，有人為淮南王作歌謠：「一尺布，尚可縫；一斗粟，尚可舂；兄弟二人，不能相容。」是說一尺布，還可以縫成衣服同用共穿，一斗粟也可以舂來同食共享，但天下之大，兄弟二人卻不能同生共存。文帝說：「以前舜放逐象，周公殺管叔、放逐蔡叔，天下都尊之為聖人，那是因為他們不以私害公。會不會是別人誤會我貪得淮南王的封地，才把他逼死的？」於是把淮南王的故地封給城陽王。文帝十六年，又把城陽王調回去，把淮南王的故地，封給淮南厲王的三個兒子（有一個這時已死），個個升侯為王。

依據司馬遷《史記》的記載，文帝對淮南厲王劉長，可以說十分優容，甚至已到縱弟為惡的地步。袁盎說得對，是文帝慣壞了弟弟。本來王子犯法，與庶民同罪，文帝卻只念在手足之情，一再赦免，不以嚴教，所以他敢以私怨，椎殺國家大臣，甚至叛亂謀反。最後才被廢王位以檻車流放。這時袁盎勸文帝，文帝又不聽，縣令小官在半途本來就不敢隨便打開檻封。淮南王自殺後，文帝不深自反省，卻把沿途小官誅殺棄市，做為代罪的羔羊，以表示他對弟弟的懷念和哀傷，這是多麼殘酷的事，這真是專制帝國為子臣者的悲哀！

春秋時代，鄭莊公有個名字叫段的弟弟，因為母親姜氏，生莊公時差點難產而死，所以不喜歡莊公，而偏愛段。當立嗣時，姜氏力主立幼廢長，莊公當然恨得牙癢癢的。莊公即位，封給弟弟一個大邑，驕縱他，有了反叛的跡象，也故意不聞不問，等他惡貫滿盈，才把他一舉消滅。聖人譏其兄不兄，弟不弟，責莊公失教。所以尺布斗粟的歌謠，也應該是譏其失教，寵弟為惡而後殺之。他破壞法治，以私害公，禍及朝臣，豈能和聖人相提並論？教導子弟，應該居心仁厚，而以嚴教，才是真正的愛護之道。

盧邁無兒　以姪而主身之後
張範遇賊　以子而代姪之生

四海之內皆兄弟，而一本所生，當然更須友愛。由於愛屋及烏，叔姪的關係也就十分密切了。

盧邁，字子玄，唐范陽人（西元七三九—七九八年），年少時即以孝友謹厚著稱，後來為官，極受賞識，官拜中書侍郎。晚年因病上表請辭，四度為德宗所不許，而派宗臣就第問疾，可見德宗對他的倚重。他又第五度上表，才勉強改任他為同是正二品的太子賓客。

他雖然位居宰臣，但守文奉法，友愛恭儉。他有個堂弟為劍南西川判官，死於成都，歸葬洛陽，當其路過京城時，盧邁奏請准他到城東哭其柩。那時宰臣都自以為地位崇高，三服之親，都常不過從問弔。他卻獨振薄俗，請求親臨堂弟之喪，因此深為時人所推重。

如果說盧邁一生有什麼遺憾的話，那是他經再娶而仍然無子，有人勸他納妾媵，以求生子，他卻說：「兄弟的兒子，也等於是自己的兒子，也一樣可以繼香火，主持身後之事。」

後來果然以堂弟的兒子——紀，為其後嗣。以他高官厚祿，以及當時的社會制度，他大可毫無忌憚的廣納妾媵，因其生活恭儉而不想這樣做，並因其友愛兄弟，所以視姪如子，終以堂弟之子為嗣，難怪德宗說他：「操履貞方，器識淹茂，自居臺輔，益見忠清」。他的事蹟見於《唐書》卷一三六，也見於《新唐書》卷一五〇。愛姪如己出的，還有張範。

張範，字公儀，東漢末年河內修武人。他的祖父名歆，官拜司徒，父親名延，累官太尉。當時太傅袁隗想把女兒許配給張範，他卻婉辭不受。他淡泊榮名，性好恬靜，屢次被徵召，都不肯赴任。董卓亂起，他與弟子張承、張昭，避地揚州。當時袁術備禮招請，張範稱病不出，由弟弟張承前往，但以直言而退。後來曹操平定冀州，派人來迎接張範，他仍然稱病留在彭城，還是派弟弟張承前往，曹操以其為諫議大夫。這時，張範的兒子陵，和弟弟張承的兒子戩，被山東賊人所擄，張範直接去找賊人首領，賊人扣留了他的姪兒戩，放了他的兒子陵。但張範卻說：「你們放了我的兒子，我非常感謝！愛自己的兒子，固然是人情之常，但戩還小，所以我還是請你們以張陵交換。」賊人十分感動，就把他們都放了。由此可見，張範手足情深，愛姪如子。

張範後來還是為曹操所請去，任議郎參丞相軍事，很受敬重。曹操每次出征，讓曹丕留守，都把張範和邴原留下來，要曹丕有所舉動，都要諮詢他們，而曹丕也都執晚輩之禮以相待。張範熱心救助別人，家無所餘，死於建安十七年，《三國志・魏書》卷十一有傳。

張範遇賊，願以其子換取姪之生命，其友愛兄弟，也就由此可見了，而賊人義其行而盡釋之，一方面是張範的賢名，使賊人敬畏，一方面也是其義行，為賊人所感動。同時，也令我們感到，漢代民風淳厚，盜亦有道，所以前面提過的，遇賊爭死，趙孝以身代弟，還有汝南的王琳，齊國的兒萌，梁郡的車成，都以同樣的方法，從赤眉餓兵的手中，救回弟弟。當時饑饉而食人肉，盜賊尚重義氣，如今豐衣足食，盜竊猖獗，身懷利器，窮凶惡極，贓物動輒百萬，出入風月場所，一擲千金，恬不知廉恥為何物，又何以知義？古人說：「倉廩實而知禮節，衣食足而知榮辱」，看來並不完全如此。那還得看聖人之教是否深植人心呢！

盧邁無兒，以姪而主身之後，以香火觀念還根深柢固，而講求人口控制的今天，是很值得標榜的。兒子可以從母姓，固然可以確立「生女兒男兒一樣好」的觀念；以姪為嗣，也可以減少「生女不生男」的遺憾，兄弟是一本所生同胞所產，以姪代子，在血緣上是十分相近的。由於盧邁友愛兄弟，雖然身居相位，在唐代尚且能以堂姪為嗣，因此，兄弟一倫的發揚，未嘗不可作為家庭計畫宣傳的新方向。

卷三

蘭竹文話

藍田美玉的暈光

——評子敏的〈划船〉

幾位在大學中文系教現代文學的朋友，基於教學的需要，先後共同編寫了《中國現代詩賞析》、《中國現代小說賞析》。然後在今年編選《中國現代散文賞析》時，因我教這個課程，所以也邀我參與其事。但因瑣務繁多，只接受了編寫俞平伯和子敏的部分。為了慎重起見，我還去拜訪子敏先生，當我向他表示：依據編選體例，我們將賞析他的四篇散文，我預計選他的〈一間房的家〉、〈今天和明天〉、〈火車〉，而請他再推薦一篇。子敏先生推薦了〈划船〉。

〈划船〉——子敏最珍愛的小品文

後來編選小組，鑒於全書篇幅太大，所以每位作家的代表作，一律裁減一篇。子敏先生自己推薦的〈划船〉，也就只好割愛了。因為〈一間房的家〉是偏重記敘性的散文，〈今天和明天〉是屬於說理性的散文，〈火車〉則是偏重抒情性的散文。這三篇對子敏先生在這三方面散文的造詣，頗有代表性，實在無法割捨。〈划船〉是偏重記敘的散文，而表現的手法則與〈火車〉有幾分相似。因此，我認為如果只選兩篇，就選〈今天和明天〉與〈划船〉；如今選三篇就留用〈一間房的家〉、〈今天和明天〉與〈火車〉。這完全是基於代表性的考慮，而對〈划船〉的割捨，有幾分悵然與歉然！對唯一由作家推薦的代表作，竟然割愛，這不是一句抱歉就可以釋然的；而作家認為最喜歡的篇章，竟為選文者所忽略，這遺珠之憾，豈只是作家與編選者一、二人而已？因此我試圖為這篇散文略作賞析，以彌補這些缺憾。

子敏將〈划船〉選入他在純文學出版社出版的第三本散文集——《在月光下織錦》。他說這是一本精選的散文集。我們略作考察，就知道第一本——《小太陽》，是以他的家為題材的散文集；第二本——《和諧人生》，是專收所謂不「嚴肅」的論文，都是說理方面的散文；至於第四本——《陌生的引力》，是談論文學跟語言的散文集。因此，我們可以想見：凡不是屬於上列三種題材，而為子敏所珍愛的小品文，精挑細選了四十四篇，就成為這本《在月光下織錦》。他在序裡說：為了挖掘「生活的情趣」跟「語言的意味」，像挖掘深深埋在地下的金礦，「月出而作，月入而息」，像另外一種苦行僧；而細心、認真，心中充滿了喜悅，則像古代的織錦人。

編織「生活情趣」和「語言意味」

讀〈划船〉，的確可以感受到他挖掘「生活的情趣」跟「語言的意味」的用心，以及細心認真，心中充滿喜悅的態度。划船本是很平常的休閒活動，更何況他所寫的，只是在狹小的人工湖，或在水面平靜的淡水河上划船，既沒有秀姑巒溪激流的刺激驚險，也沒有汪洋大海的壯闊或洶湧。但經他細心地挖掘「生活的情趣」和「語言的意味」，加以編織，終於粲然可觀。

他寫童年時父親划船，聽雙槳激起的水聲，划進「柳簾」，鑽過拱橋，使船和人都成「風景」。這是生活情趣的提煉，就像擅於揀擇角度的攝影師，攝取幾個充滿詩情畫意的鏡頭。這些描寫在讀者心目中泛起充滿情趣的意象，而所謂「我們光榮的出征，背後總有傷心的『童聲喇叭』相送」，則是語言意味的編織。短短二十個字，不但寫出上船者的昂揚自得，上不了船的人沮喪號哭，而「童聲喇叭」這充滿新奇的比擬，使讀者在情趣的意象之外，又有一種體會新奇的情趣與欣喜。

寫淡水河邊划船，那白色小船造成的強烈誘惑，第一次握槳的意外稱心，與朋友在河面「接龍」追逐，甚至翻船落水，都寫得情趣盎然。這些情趣的呈現，大多是「語言意味」講求的結果，如寫其「解纜」的手勢，完全是語言所添加的趣味。再寫到自己成為父親，口述以至用水聲，來講那「沒有情節的故事」；從聽來不吸引人，到用「感覺」去聽，也都充分運用「語言的意味」，去點染「生活的情趣」。

在我們驚歎錦緞的瑰麗與新奇之餘，我們不妨探索它的紋彩脈絡，這篇散文表面看來，分了二十幾段，其實它只分為四個主要段落：第一部分是寫童年在故鄉，享受父親划船的美趣。第二部分是寫自己在淡水河划船的樂趣。第三部分是寫自己為子女講當年在故鄉划船的故事，卻引不起子女的興趣。第四部分是寫帶子女在臺中公園，讓他們用「感覺」去聽那個老故事。

「沒有情節的故事」是全文主脈

就記敘的內容來說：它似乎是記敘三個階段的划船經歷，以寫划船之趣為主。就文章所表現的重點而言：它是以寫親情的溫馨為主。童年享受父親划船的美趣是全文的主脈，其他各部分都纏繞這個核心，而與它緊扣密合。第二部分寫淡水河白色遊艇的強烈誘惑，是基於童年的經歷；第一次握槳就成老手，也是基於童年的那段經歷；其得心應手乃為以後臺中公園划船老練的張本。第三部分寫他想向子女傳達童年那段「沒有情節的故事」，但引不起孩子的關心，乃有第四部分用船槳激起的水聲，去說那溫馨的老故事。只是自己坐進「父親的座位」，雖不是童年享受划船美趣的地點，但同是人工湖，同樣的划法，同樣的划進岸邊有樹的水道，鑽過橋洞，完全是童年美趣的重現。所以童年那「沒有情節的故事」，一直是全文的主脈，猶如老鴨帶小鴨遊湖划水的同享天倫圖，是它表現的核心。不過最後寫他帶子女划船，讓他們用「感覺」去聽這最溫暖的老故事，是全文最有創意的部分，也才是這篇文章的隱秀處。謀篇之妙、章法之奇，有了它才凸出顯現。

雙畫面迅速轉換略顯齟齬

這篇散文從形式看來，有二十幾段，但段落銜接，自然而緜密，如行雲流水，舒卷自如，連四大部分的轉接，都渾然天成。只有一個地方，我覺得有點齟齬：當他寫到童年時坐父親划的船，鑽過拱橋，回到湖面開闊的遊艇碼頭附近，然後為了表示真的不小，於是另起一段：

> 雖然童年所看到的一切東西都「大」，但是我仍然相信那個人工湖在成年人的眼中也並不很小。我二十二歲再回到故鄉，又看到那個人工湖，發見它並沒因為我年齡的增長而「縮小」。

接著再寫他最喜歡的一段水路，是划進「柳簾」，使他們都成「風景」。下一段又提到「二十二歲那年，穿著成人的皮鞋再到那柳岸去散步」，這使人有看電視兩個畫面迅速交互轉換的不習慣。依個人管見：此段或可刪去，可使入兩岸垂柳，鑽拱橋的敘述，更為完整順適；也可避免使二十二歲那年重回人工湖的敘述，有重複之感。如果那段是為表示人工湖確不小所必需，則緊接前一段，不自成段落，或可減淡交互轉換的痕跡。當然，這種穿插轉換或許正是一種技巧的運用，各人所好不同，自不免見仁見智。

至於它的用詞組句，正如子敏先生所追求的，因刻意於語言意味的釀造，所以有不少「令人驚喜的組合」。很多句子「新鮮多汁像成熟的水蜜桃」，而且「多采多姿」，的確有一些「令人驚喜的創造性的句子，會在你的注視下發出迷人的暈光像陽光下的藍田玉」。讀這篇散文，讀到「童聲喇叭」相送，猶如一個漫步於海底的潛水夫，突然發現孕育珍珠的蚌。文章再細讀下去，就如在海底再仔細打量，才發現自己進入了珍珠養殖場，可以看到養殖者所投注的心血。讀他的文章，處處可省察到他苦心孤詣，使字詞與詞組的義界與內涵，另作有趣的釐定；使句與句之間，有更新鮮的組合與安排。如讀到「水聲喋喋的替我說出我想說的那個『沒有情節的故事』」，就像看到藍田玉迷人的暈光，這使他的文章有一股「陌生的引力」，一如他所致力追求的境地。雖然其間不免有斧鑿之跡，但文句的順暢，使它至少已達到姜夔所謂「理高妙」且跨入「意高妙」的境界。

此外，這篇〈划船〉，為當今親情漸疏、代溝日深的工商業社會，提供了一個敦厚親情的典範。同時也告訴讀者：家學淵源的傳承，傳統家風的延續，應該透過什麼管道，運用什麼方式，才能得到最完美的效果。如果再延伸擴大：民族精神的發揚，文化道統的緜延，又何嘗不是如此！

橫看成嶺側成峰

——評王鼎鈞的〈那樹〉

近百年來，西風東漸，加以工商業的突飛猛進，給中國古老的社會結構，帶來強大的震撼。近年來以強烈而鮮明的社會變動為背景的文學作品，相當的豐富，也有相當的水準。王鼎鈞先生的〈那樹〉，就是屬於這一類散文的佳構。

橫看成嶺側成峰，遠近高低各不同

〈那樹〉是寫一棵老樹，因都市發展而遭砍伐命運的一段歷程。作者沒有為它編造戲劇性的情節，也沒有站出來作沈痛的呼籲，但讀者卻可以就各自不相同的人生體驗，挖掘到不同的旨趣。正是「橫看成嶺側成峰，遠近高低各不同」。

作者一開始就強調它歷史的久遠，巧妙地用三個相同句式的並列，「當……它就立在那裡」，說明它的久遠，並說明它早先的周遭環境。雖是並排，卻經濟而不重複。然後強調它老而彌堅，茂密而不怕颱風，有幾丈外的伏脈。更難得的是它仍在成長，延伸壯碩它的根，「加大它所能蔭庇的土地，一公分一公分的向外。」一幅欣欣向榮的情景。

大樹之死！

原先，它和在附近生活的人，是十分調和的。作者在這方面刻意為它作了相當美的描述：「在夏天的太陽下挺著頸子急走的人，會像獵犬一樣奔到樹下，吸一口濃蔭，仰臉看千掌千指托住陽光，看指縫間漏下來的碎汞。」「於是鳥來了，鳥叫的時候，幾丈外幼稚園裡的孩子也在唱歌。」「入夜，毛毛細雨比貓步還輕，跌進樹葉裡匯成敲響路面的點點滴滴，洩漏了秘密，很濕、也很詩。」在讀者心中顯現極美好的意象，使人對它的存在，由衷地禮讚。

可是當「計程車像饑蝗擁來」的時候，它的存在竟成外來的人的疑問。一切都在變動，而樹的屹立不動，竟成為問題。作者藉司機提荒謬的問題，批評以後事情發展的荒謬！

「一個喝醉了的駕駛者，以六十哩的速度，對準樹幹撞去，於是人死。於是交通專家宣判那樹要償命。」在一個深夜，它被屠殺了，只有清道婦來為它參加葬禮。

兩星期後，根被挖走了，也挖去那棵生滿虬鬚的大頭顱。坑坎未填平前，「車輛改道，幾個以違規為樂的摩托車騎士跌進去，抬進醫院。」不過這一切都過去了，如今日月光華，周道如砥，這棵樹好像根本沒存在過。

綠世界的殘存者已不復存在

在這講究自然生態保育，推動綠化的年代，面對世界各國出現「綠黨」的時代潮流，自然覺得這篇文章是有它深刻的意義，也就相信王先生是針對人們無知地摧殘人類自然資源，提出一個案例，要人們反省：因經濟建設，使「所有原來在地面上自然生長的東西都被剷除，被連根拔起」的政策，人們是不是該從「經濟發展的思考模式」的桎梏中，解放出來？是不是也該運用生態平衡的思考模式？從「那樹被一重又一重死魚般的灰白色包圍，連根鬚都被壓路機輾進灰色之下」的敘述，作者已明確地表示：他對於現代文明破壞自然生態，深具嫌惡。作者提了十幾次「綠」字，它該是本文的眼目。形容樹「綠得很深沈」，又說上帝要它「綠在這裡，綠著生，綠著死，死復綠」，但人違背上帝的旨意，使「綠世界的殘存者已不復存在」，這些話都可能是作者賦予旨趣所在。

人不應該笨到不知先來後到之分，只會向數百年的樹問：「為什麼這兒有一棵樹呢？」交通專家也不應該只能直線開路，只會「宣判樹要償命」。人類不應該只為目前經濟膨脹，肆意破壞自然資源，不為後代子子孫孫保護生存的空間。

犀利的筆揭發人類自私心

人類一向以聰明自詡，所以這些不是人類所不曾想及，只是人有自私的劣根性，總以自私的心態，以短近功利只重視現實利益的眼光，去評量周遭的事物。作者似乎有意以犀利的筆尖，去觸及人類這卑劣的心靈。明明是「一個喝醉了的駕駛者，以六十哩的速度，對準樹幹撞去」，人死了，處處講求是非的人類，卻要樹去償命，情理何在？天道寧論？這是什麼是非？講的是什麼法？樹挖掉後的坎陷，依然有「摩托車騎士跌進去，抬進醫院」，也證明樹原本是無辜的。難怪與樹為鄰的老太太「聽見老樹歎氣，一聲又一聲，像嚴重的氣喘病！」那是人類良知的聲音！可是一般人自我中心與自私，是很徹底也很可怕，清道婦「掃到樹根，她們圍著年輪站定，看那一圈又一圈的風雨圖，估計根有多大，能分裂成多少斤木柴。」她們「是樹的親戚」，竟然也是以功利的尺度，衡量它最後的剩餘價值。作者很技巧地使強烈的諷刺和批評洋溢在文字之外。受過蔭庇的人們，還有在樹下得以從容撐傘的人們，對樹的冤死，不曾為它抱屈，也不曾表示同情和眷戀，倒是螞蟻還能在「樹幹上繞行一周，表示了依依不捨」，這是反諷，也是對比的運用，藉以烘托人類只知自我利益，所謂惻隱之心和是非之心，是很狹隘的，也是很吝惜的。

作者還有意提醒讀者：樹之所以失去人們藉以蔭庇的利用價值，是人為的破壞。是那「車輪揚起的滾滾黃塵」，是那「一大片焦躁惱怒的喇叭聲」，空氣污染，噪音污染，行人已不得悠閒，那裡也不再屬於孩子，所以幼稚園要搬。囂張跋扈的，得逞了；溫和善良的，退讓了。不能退的，註定被毀滅！這是經濟發展思考模式的正義公理！是人類功利自私心發揚的霸道特質。

世襲的土著，春泥的效死者，具有悲劇英雄的悲壯行為

作者寫樹，用了很多擬人化的手法，如「電鋸從樹的踝骨咬下去，嚼碎，撒了一圈白森森的骨粉，那樹僅僅在倒地時呻吟了一聲」，又如：「為了割下這棵生滿虬鬚的大頭顱，劊子手貼近它做成陷阱，切斷所有的動脈靜脈」，擬人的形容，可突出砍伐它的殘酷，但也不免令人想到那樹是不是人的影射？在強烈的社會變動下，有些不能隨波逐流與之上下的人，常成為悲劇性的人物。他們常有一段輝煌的過去，但物換星移，他們竟成累贅，這一類作品，總有一些註定被犧牲的角色，那樹不正是那些無辜的受害者？作者有意為它強化西洋傳統悲劇英雄的悲壯性格，說：「樹是沒有腳的。樹是世襲的土著，是春泥的效死者。樹離根離土樹即毀滅。它們的傳統是引頸受戮，即使是神話作家也不曾說森林逃亡。連一片葉也不逃走，

無論風力多大。」所以它就有悲劇英雄的悲壯作為：「冒死掩覆失去的土地，作徒勞無用的貢獻，在星空下仰望上帝。」於是綠著生，綠著死！寫得斬釘截鐵，用凝鍊的字句，塑造悲壯的氣象。

如果說：它不是反映這時代的某些群體，也可能是影射一位渾厚正直的人，堅持其立場而不肯妥協，所以遭群體的扼殺。就像屈原不容於群小，悲壯地生，悲壯地死。所謂「人造的強光把舉鎬揮斧的影子投射在路面上，在公寓二樓的窗帘上，跳躍奔騰如巨無霸。」作者很成功地把扼殺的悲慘景象，投射給讀者。真是驚心動魄！

是時代悲劇人物的影射？抑是文化被摧殘的隱喻

關心文化問題的讀者，看到的恐怕又不一樣了。作者會不會是在隱喻這時代傳統文化所遭受的摧殘？我們傳統的文化，曾有燦爛耀眼的過去！卻因時代的變遷，遭到扭曲和撻伐，甚至有人要藉歐風美雨將它連根拔起。作者寫到用來挖根的，是利斧和美製的十字鎬，「美製」的註明，是不是透露了個中的消息？那螞蟻——「小而堅韌的民族」決定遠征，還表示了依依不捨，但有些人們卻用「一層石子一層瀝青又一層柏油」，把幾千條斷根悶死，就像受過我文化薰陶的日本，對我傳統文化還表現相當程度的依戀和維護，而我們卻有不少人肆意摧殘，以除之務盡而後快。

作者到底是為它賦予什麼喻旨?是生態破壞的抗議?或是人性為我的指摘?是這時代悲劇人物的影射?或是某個正直人士遭到扼殺的憑弔?或更深一層的，是文化被誣衊摧殘的隱喻?真是撲朔迷離❶!不過，我們可以確定的是：作者為那樹綠著生，綠著死，成功地塑造了悲壯英雄的形象，不僅為讀者提供刺激，還提供思考，使人得到感性的發洩，也得到知性的穎悟。藉用擬人的手法和充滿隱喻的文字，使簡單的故事，蘊藏了無數的人生意義。雖然它有些朦朧，但讀者就是藉這份朦朧，可以就不同的人生體驗，作不同的比擬與投射，而得到不同的滿足，這應該是王鼎鈞先生這篇散文最成功的地方。

---

❶ 胡適於民國八年九月二十夜，為《每週評論》被安福軍閥查禁，由於國內報紙打抱不平，他就寫了一首〈樂觀〉以表謝意：

（一）

「這棵大樹很可惡，

他礙著我的路！
來！
快把他斫倒了，
把樹根也掘去。——
哈哈！好了！」

（二）

大樹被斫做柴燒。
樹根不久也爛完了，
斫樹的人很得意，
他覺得很平安了。

（三）

但是那樹還有許多種子，——
很小的種子，裹在有刺的殼兒裡，——
上面蓋著枯葉，
葉上堆著白雪
很小的東西，誰也不在意。

（四）

雪消了，
枯葉被春風吹跑了。
　那有刺的殼都裂開了，
每個上面長出兩瓣嫩葉，笑迷迷的好像是說：
　「我們又來了。」

（五）

過了許多年，
壩上田邊，都是大樹了。
　辛苦的工人，在樹下乘涼；
聰明的小鳥，在樹上歌唱，——
　那斫樹的人到那裡去了？

若王鼎鈞〈那樹〉係受這首詩的影響，那麼〈那樹〉這篇散文，則可能又另有寓旨了。

天光雲影共徘徊

——評陳幸蕙的〈山中筆記〉

不論你是不是上過阿里山，陳幸蕙女士的〈山中筆記〉，應該都是值得一讀的。因為去過的人，可能有蘇東坡讀《莊子》那種「吾昔有見，口未能言，今見是書，得吾心矣」的感覺；沒有去過的人，將來上山的時候，將更能領略山中的情趣，而不栖栖遑遑於照相或刻字留念了。

美感十足、感性濃烈

〈山中筆記〉在民國七十年十二月三十日，發表於「聯合」副刊。同時也收入她獲得中山文藝獎的散文集——《把愛還諸天地》，並且排在第一篇。這一篇雖然寫阿里山，但她除了神木之外，沒有寫山上那些被人標榜的特定勝景，而神木的形容，也只是說「以比薩斜塔之姿，矗立在千巖萬壑之間」而已。她放棄許多形貌的描寫，而著力於點染融入大自然的感覺和情趣，似乎保持了她第一本散文集——《群樹之歌》，那種「篇篇都非常強調美感經驗，感性十分濃烈」的風格。

這篇散文分成兩部分，而各有標題，一是「羅漢阿里山」，一是「有木如神」。前者是寫對山的感情投入，後者是對神木的禮讚。將神木的「神」字移置於下，改變一般做為特定指稱的用法，而為形容之用，這和阿里山以羅漢形容，是輝映成趣的。

「羅漢阿里山」有巧妙而引人的開頭，一起筆就說：

如果，玉山宜雪，八卦山宜晴，陽明山宜於群櫻爛漫如錦的春天，那麼四季長青的阿里山，便似乎無時不宜了。

強調了阿里山的突出。這種不否定玉山、八卦山、陽明山之美，只是以情景宜人的不同，以顯示了它的優越性，加深了讀者的印象，可說是相當巧妙的手法。當然這種各擅其勝的比較，是作者一向拿手而常用的，如她在寫〈聖誕紅〉《群樹之歌》時，就排比了較多的形容詞，來烘托聖誕紅盛開隆冬的特性，將它比擬為一首讚美詩。而在〈石〉一開頭便說了：「如果灼然綻開的群花，是青春正盛的少年，那麼靜臥蒼苔的瘦石，便該是相貌奇古，悠然入定的老僧了。」

與本篇更有相通之處。除了文章起首的手法略似之外。以瘦石比擬為老僧，與阿里山比擬為羅漢，更相近似。她在〈石〉中還說：

> 中國人之所以能與天地自然相契得如此和諧，或許便是我們慣於以有情的眼光去看萬事萬物的緣故。她的「羅漢阿里山」就是以有情的眼光，去看景物，去體會山中的寧靜。

畫筆、禪理與詩情

作者極力地刻畫人融入自然，表現王維詩中所謂畫筆、禪理與詩情三者組合而成的靜趣，頗有「寒山轉青翠，秋水日潺湲，倚仗柴門外，臨風聽暮蟬，渡頭餘落日，墟里上孤煙」的情景。印在白衫的青翠，三兩點鳥啼，四五聲蟲鳴，以及若有若無的炊煙，都是本文所提取的素材，表現了有如「人閑桂花落，夜靜春山空，月出驚山鳥，時鳴春澗中」的靜趣。同時，寫松鼠淘氣地與人捉迷藏，更是以有情眼光的投注，使之情趣化。

陳女士為形容那份靜趣，運用感覺轉換的比擬，是值得稱述的。把「無人的安寧」，形容成「一面透明無形的巨網」。把「無」人寫成「有」網，把聽覺訴諸視覺的比擬。由於它是無人的安靜，所以形容這個網是透明而無形。更「把耳際聽覺的世界，拓展成一片遼闊無垠的曠野，乾淨而清空」，緜密的連接到「連你的心也乾淨清空起來」。

心的乾淨清空，造成人對自然的投入，作者運用美感經驗物我同一的移情作用（朱光潛《文藝心理學》頁一四），寫下「在不知不覺之間，你彷彿就已漸漸走成巖際一片雲，站成溪邊一株樹，坐成松下一塊石」，為讀者塑造最令人陶醉的意象。

「有木如神」的部分，大體利用神木三千年樹齡，作三千年的馳騁想像，藉伸其「不朽」的嚮往。《文心雕龍・神思》說：「文之思也，其神遠矣，故寂然凝慮，思接千載，悄焉動容，視通萬里，吟咏之間，吐納珠玉之聲，眉睫之前，卷舒風雲之色。」作者以禮讚的心情，在樹下思接三千載，馳騁其時空想像，想其破土萌芽，商湯伐紂，希伯萊王國的建立，見人間幾番盛亡興衰，幾番春雲秋夢，想見其三千的風霜雨雪，歲月的試鍊，如今又似以傲岸風姿，統領群樹的世界。這種古今交映，時空交織的想像，給人的，就不是樹圍若干，樹高幾許的數字，而是思古之幽情和緜邈感慨了！

譬喻精巧、節奏明快

就辭藻的修飾來說，作者確已花費了苦心，參用譬喻、類比、對偶、錯綜等修辭的手法。有關譬喻的精巧，前面已經說過，而類比與對偶，造成節奏的明快，是作者所慣用的，如「白雲盡頭，大地深處」、「三兩點鳥啼，四五聲蟲鳴」、「山下的勾心鬥角，人間的爭名逐利」、「一片自然風景，是一個心靈境界」。類比的運用，陳女士喜歡三句類比的形式，如「走成巖際一片雲，站成溪邊一株樹，坐成松下一塊石」，「幾番滄海桑田，幾番盛亡興衰，幾番春雲秋夢」，她還喜歡在第三句採用較長的句式，如「玉山宜雪，八卦山宜晴，陽明山宜於群櫻爛漫如錦的春天」，「穿過雲，穿過霧，穿過好風如水」，「在他的衣領穿梭，在他的髮際遨遊，在他滿臉于思中盡情探索」，這些都可看出她在文字上錘鍊的工夫。

就篇章的架構來說，作者頗能芟刈剪裁，而使文章沒有旁枝雜草。首尾的呼應也十分注意，前面以羅漢沈思比擬阿里山，末了不忘說羅漢阿里山的「潛心靜修，盤腿禪坐」。「有木如神」的部分，開頭就說「阿里山上，有木如神，統領群樹世界」，最後一段又回應了這些話，似有重複，但套用余光中的詩題，說「在樹下，我果然聽見它『與永恆拔河』的聲音」頗有畫龍點睛之妙，是很有含意而耐人尋味的秀句。

隱有波瀾將成潮

張曉風女士為這本散文集寫序，她說她「愛那文字間有舊文學的伏流暗湧，隱約有波瀾將成潮」。就這一篇來說，蘇軾的詞在字裡行間忽隱忽現，那「好風如水」是屬於感覺極妙的比擬，是出於東坡的〈永遇樂〉（彭城夜宿燕子樓，夢盼盼）：「明月如霜，好風如水，清景無限……」而陳女士所謂「向白雲盡頭，大地深處走去，你竟然有回家的感覺」，也好像從這闋詞「天涯倦客，山中歸路」脫胎而來。其所謂「三千年時光竟洶湧而過，千堆雪騰空捲起，淘盡舊有一切」。可也是蘇東坡〈念奴嬌〉（赤壁懷古）的改頭換面。所謂「你彷彿就已漸漸走成巖際一片雲，站成溪邊一株樹，坐成松下一塊石」的秀句，和「人在山中，究竟……又重新塑造，誕生一個新我？還是……又照見，找回失落已久的故我？」也該是從莊生曉夢迷蝴蝶轉出的新意，這當然不見得就如黃山谷所倡導的那種刻意脫胎換骨，而是作者舊文學根柢自然的流露。朱熹〈觀書有感〉詩：「半畝方塘一鑑開，天光雲影共徘徊，問渠那得清如許，為有源頭活水來。」陳女士的散文就是有中國古典文學的源頭活水，才能使這半畝方塘清澈如許，看到「天光雲影共徘徊」。

鱗爪畢現未若意在言外

基於對這半畝方塘的愛護，除了讚賞天光雲影之外，也略抒維護它澄碧的一些管見。文學表現貴在以沈鬱含蓄、蘊無窮之意，如畫神龍見首不見尾，引導讀者想像未畫之形，體會言外之意，領略味外之旨，給他們自得的滿足。如果鱗爪畢現，必失其神，言盡意盡，必乏其趣。所以「——在山裡，人和自然不再是對立的個體——」早已明白見諸其他的形容和提示，刻意明白標榜，豈不是多餘？「再也不復記憶山下的勾心鬥角，人間的爭名逐利」，似乎也不待明言。所謂勾心鬥角爭名逐利，在文中固然與清空有對比的作用，但也不免太殺風景！至於羅漢是否有頭髮的問題，那倒不必過於深究，因為這跟考證陶淵明「採菊東籬下」能否「悠然見南山」；討論蘇東坡在七月既望，是不是可以看見月亮徘徊於斗牛之間，都不免是刻舟求劍了。

惟有聖賢多寂寞

——評陳之藩的〈寂寞的畫廊〉

寂寞在現代已成很時髦的詞兒。工商業的高度發展，有不少人因工作繁忙而蹉跎了姻緣，於是有許多「寤寐思服，輾轉反側」的寂寞芳心；年輕力壯的人，全心投注事業、在外奔忙，老年人乏人照顧，於是又有那所謂黃昏的寂寞；如今連豆蔻年華，也堂而皇之，高呼寂寞，充滿生命力的十七歲，竟然也稱為寂寞的年齡！

寂寞者之歌

在這表面上繁榮喧笑，而內心空虛徬徨的今日社會，「寂寞」似乎成了時代的心聲，所以譜出寂寞者之歌，是容易引起很多人的共鳴：陳之藩先生的〈寂寞的畫廊〉，道出了部分人生寂寞的真象，於是贏得不少的喝采和推許。

當然，純就文學的表現技巧來說，這是一篇非常成功的散文佳構。陳先生一開始就以新穎的對話，飄逸揮灑的筆調，勾勒這「故事」背影的輪廓，凝塑那寂寞的氣氛和景象；再馳騁其想像，藉房屋和家具，推想那輝煌和溫馨的故事，來告訴讀者：那些有關人間亙古不渝難以征服的永世寂寞！

陳之藩先生文章所表現的就如王國維在《人間詞話》所說的「有我之境」，是「以我觀物，故物物皆著我之色彩」。陳先生就以那一份旅人的寂寞，遍觀周遭的世界，無不著染寂寞的色彩。見到的校長，「是一個紅紅的面龐，掛著寂寞的微笑；是一襲黑黑的衫影，掛著寂寞的白領。」見到那寡居的房東老太太，更是每一個動作、每一句言談，無不表示寂寞；屋裡「每件東西全在訴說它們的過去的光榮，與而今的蕭瑟」。陳先生的文章，運用豐富的想像，成功地為讀者塑造了無數的寂寞意象，以流暢而引人入勝的文筆，讓讀者很自然地跌入一片濛濛的寂寞迷霧裡。

如果你客觀地思索，冷靜地觀察，或許可撥開迷霧，體會並欣賞在曼城生活的寧靜溫馨。

他（她）們真的寂寞嗎？

如果說：痛苦是來自於期望回報的心；那麼，寂寞是來自於期望被關愛的心。同是隱居終南山，王維「獨坐幽篁裡，彈琴復長嘯，深林人不知，明月來相照」（〈竹里館〉），並沒有寂寞之感，還享受著「行到水窮處，坐看雲起時，偶然值鄰叟，談笑無還期」（〈終南別業〉）的樂趣；但孟浩然就不免作「不才明主棄，多病故人疏」（〈歲暮歸南山〉）的慨歎，以致「永懷愁不寐」了。真正要退隱的人，是不會感到寂寞的，唯有欲走終南捷徑不甘寂寞的人，才有自憐的寂寞情懷。陳先生文中的那位老太太，如果終日怨艾子女不能承歡膝下，期待反哺報恩而不得，那就可能有無限的哀怨和無邊的寂寞！可是那位老太太，以自己的子女自豪，生活富足身體健康，雖然不能含飴弄孫而顯得冷清，但未嘗不是休養生息，享受寧靜。寂寞與寧靜只是一線之隔，寂寞可還是個奢侈品呢！只有那些有閒的人，才能嚷嚷自己是多麼寂寞，想想人間有多少人為果腹蔽體奔忙，為生活而掙扎，為安全而逃亡，那些難民營裡的難民，災區的災民，他們有忙不完的事，根本不懂得寂寞！那些不要求被關愛而又一心一意去關愛別人的人，他們也不懂得寂寞！

當然，散文的寫作並不要求完全的客觀，正如廚川白村所說，散文是要「作者將自己個人的人格的色彩，濃厚的表現出來」。作者內心的獨白，自有主觀的成分，文章也才能有個人獨特的風格。陳之藩先生在他的散文集序裡，說到《旅美小簡》、《在春風裡》、《劍河倒影》，「這幾十篇散文的寫作上，有一個共同的地方，那就是在寂寞的環境裡，寂寞的寫成的。」這也就難怪他以寂寞的眼光看這世界，甚至以些許的憤慨，否定人的不朽性。原來陳先生的

〈寂寞的畫廊〉正是他寂寞情緒的宣洩！

風聲水聲不朽嗎？

既然是情緒的發洩，文中的感情，自然是真實的。這是《文心雕龍》所謂「志思蓄憤，而吟詠情理」的「為情造文」。當然也就不會有「志深軒冕，而汎詠皋壤；心纏幾物，而虛述人外」的毛病，所以它能感動人心。同時這篇散文表達的形式十分考究，表現的技巧，也十分高妙。以佛格奈的小說為背景勾勒了輪廓，增強氣氛的塑造，最後又以吳爾夫的小說〈無家可回〉作結，不但首尾呼應對稱，也留下無限的餘韻。他說出了佛格奈小說的印象，但沒有說出吳爾夫小說的觀感，但只憑書名和所謂「翻書頁的聲音，在這樣靜夜，清脆得像一顆石子投入湖中」，就夠人馳騁想像、回味無窮了。讀者若要確知他指的是什麼，似乎可看第三篇〈迷失的時代〉，他說：「吳爾夫是悲觀到家了。人生是愛情和名譽，名譽和愛情都有了，依然是茫然。在他的〈無家可回〉中說：永遠不變的是街頭的無根行客；永遠不息的是人世的飛矢時光。迷失了的人群在這迷失了的時代，好像醉騎著瞎馬，看來若有所之——但何所之？」看了這段話，就可以恍悟：陳先生認為「永遠不朽的，只是風聲、水聲、與無涯的寂寞而已」，乃其有自。

陳先生具有中國人深植的孝道觀念，自不免悲憫房東老太太的境遇。而他又是學工程科技的，研究物理機械，留意於物理現象和生物現象，他又具有文學的想像，於是因悲秋之情而引發人生無常之歎。再加上他對西洋文學的涉獵，深於中國文學的濡染，因此套用了吳爾夫的悲觀論調，否定人生的不朽。

一個人個體生命確實是無常的，這是人類亙古的悲哀，是人生一部分的真理。不過，將人與萬古長流相比，有如比蜉蝣於天地，那是太自不量力了，也太貪婪了，於是有齊景公慟哭於牛山，秦始皇求仙於蓬萊。其實，我們如果不從個體去觀察，而著眼於大我，古人說子女是父母的遺體，那麼只要子孫綿延，則我的血肉未嘗不長在人世。更何況文化的傳承，精神遺澤的流傳，是不隨草木而同朽。如果說風聲和水聲是不朽的（其實前一秒和後一秒的聲音，在質素上已有差別），那麼人類的聲音，如孩童的笑語，情人的呢喃，嚴父的教誨，慈母的叮嚀，都是不朽的。

蘇東坡的豁達——物我皆無盡

因此我們或許可以說：〈寂寞的畫廊〉有〈赤壁賦〉「哀吾生之須臾，羨長江之無窮」而「託遺響於悲風」的感慨，卻沒有蘇東坡「自其變者而觀之，則天地曾不能以一瞬，自其不變者而觀之，則物與我皆無盡也」的豁達！有李白「古來聖賢皆寂寞」的感慨！卻沒有「且樂生前一杯酒，何須身後千載名」的瀟灑！只聞齊景公的悲歎，不見晏嬰「惟事之恤，何暇念死」的針砭。

當然，不可否認的，我們是可以深切地感受到陳之藩先生所說的：「用自己的血肉，痛苦地與寂寞的砂石相摩」，而實現了「蚌的夢想」，因為我們的確見到「一團圓潤的回映八荒的珠光」，所以作品本身是很成功的。我只是怕有人只見圓潤的珠玉之光，而不見「日月疊璧，以垂麗天之象」，所以才甘冒大不韙，聒噪一番。

人間的真寂寞

最後有一點必須說明的，讀了陳先生的文章，我們是可以體會到：他的寂寞並不是自憐的情懷，而是濃烈的家國感情所引發。人間有很多的寂寞，是藉積極的奉獻，以充實生命的內涵，就可以消除的。當然也有一些是難以消除的，沒有鍾子期的伯牙，是寂寞的；鶴立雞群的聖賢豪傑是寂寞的。那是「前不見古人，後不見來者，念天地之悠悠，獨愴然而涕下」的寂寞。滿懷壯志，滿懷憂思，深感「黃鐘毀棄、瓦釜雷鳴」的屈原是寂寞的，也正是李白所感受的。欲積極奉獻，卻沒有知遇之人，而且管道不通，使命難成，這才是人間的真寂寞。

如果那位一生幸福的房東老太太也嚷著寂寞，飯來張口茶來伸手的十七歲少女，受寂寞的煎熬，那麼這該是上帝對她貪婪的薄懲，她們是不配懂得寂寞的。

也無風雨也無晴

——評俞平伯的〈中年〉

朱自清〈燕知草序〉，說到俞平伯的散文不重視細緻的素描，喜歡夾敘夾議的抒寫感觸，很像舊日筆記的風格，文言文的詞藻很多，因為他要那點澀味；絮絮道來，有知識分子的灑脫與趣味；與現實的距離自然難免遠一點。別人比他作明朝人，他很高興，正可表示他文章的特點。

朱自清與俞平伯共事多年，十分投緣，相知甚深，他的話自有他的道理。如果這些話說得不錯的話，那麼俞平伯在他三十二歲那年所寫的〈中年〉，應該是最能顯現他散文特色的代表作之一。

憧憬消釋坦然長往的淡然

他這篇〈中年〉，不但行文灑脫空靈，且參悟色空，蘊含著禪味和人生哲理。他一開始就先問「什麼是中年？不容易說得清楚，只說我暫時見到的罷」，寫其一時之見，一時之感，不必周延，不必圓融，然後把人生旅途的「中年」感觸，做一番文學的描述：

當遙指青山是我們的歸路，不免感到輕微的戰慄。（或者不很輕微更是人情。）可是走得近了，空翠漸減，終於到了某一點，不見遙青，只見平淡無奇的道路樹石，憧憬既已消釋了，我們遂坦然長往。所謂某一點原是很難確定的，假如有，那就是中年。

這是全篇的張本，也是全文的概說。短短幾句話，說明了中年的感觸，中年人的人生態度，也道盡了中年的境界。他的文章有些文言詞藻，好談哲理，有苦澀蒼涼的韻味，是屬於幽深別致的一格，在這一段就顯現出來了。

依據今天我們的社會標準，四十五歲都還可以選為十大傑出青年，俞氏才三十二歲就自命為中年，的確是早了一點。但俞氏少年老成，所以筆下的中年心態，確是自己所深切體驗的，沒有「少年不識愁滋味，為賦新詞強說愁」的矯情。他說他自己「也是關懷生死頗切的人，直到近年方才漸漸淡漠起來」，體會造物者「使我們生於自然，死於自然」的氣度，這也才有「坦然長往」的灑脫。

中年是在山頂上徘徊的剎那

進入中年，憧憬的消釋，固然可悲；迷障的破除，未嘗不可喜。他說：

萬想不到當年窮思極想之餘，認為了解不能解決「謎」的「障」，直至身臨切近，早已不知不覺的走過去，什麼也沒有看見。今是而昨非呢？昨是而今非呢？二者之間似乎必有一個是非。無奈這個解答，還看你站的地位如何，這豈不是「白搭」？以今視昨則昨非；以昨視今，今也有何是處呢？

俞氏依然以文白相間夾敘夾議，說明今昨的是是非非。這不是代溝，也無關智愚，只是經過中年的階段，閱歷不一，立場不同，心態不一樣罷了。他再用登山作比喻，他說：「上去時興致蓬勃，惟恐山徑之長，不敵腳步之健，事實上呢，好一座大山，且有得走哩。因此凡來遊的都快樂地努力向前走。」這是指青少年神采飛揚的時代，是那麼自負，是那麼積極樂觀。但「及走上山頂，四顧空闊，面前蜿蜒著一條下山的路，若論初心，那時應當感到何等的頹唐呢。但是，不。我們起先認為過健的腳力，與山徑相形而見絀」，這是到中年回顧時，參透禪機獲得的體悟。「興致呢，於山尖一望之餘，隨煙雲而俱遠」，於是憧憬消釋了。既已盡興，望那平淡無奇的道路樹石，「只贜得一個意念，逐漸的迫切起來，這就是想回家」。別以為他們這時太消極了，他們明明知道「下山的路去得疾啊，可是，對於歸人，你得知道，卻別有一般滋味的」，這是看破人生迷障的豁然。

「山頂徘徊這一刹那」是兩種心境的分際，那也是人生進入中年的分水嶺。下山的人不要笑上山人的癡迷，更不要掃上山人的興致；上山的人也不要笑下山的人志氣銷磨趨於沒落。青年人意氣遄飛的銳氣，與中年人對人生觀照的圓熟，本來就是人生不同的階段，互有長短，又如何論是非？

漸漸覺得人生不過如此

人到中年，為什麼那些當年窮思極想的迷障，都已不再存在？那是因為：

漸漸覺得人生也不過如此。這「不過如此」四個字，我覺得醰醰有餘味。變來變去，看來看去，總不出這幾個花頭。男的愛女的，女的愛小的，小的愛糖，這是一種了。吃窩窩頭的直想吃大米飯洋白麵，而吃飽大米飯洋白麵的人偏有時非吃窩窩頭不行，這又是一種了。冬天生爐子，夏天扇扇子，春天困斯夢東，秋天慘慘戚戚，這又是一種了。你用機關槍打過來，我便用機關槍還敬，沒有，只該先你而烏乎。……這也儘夠了。

到達參悟色空的境界，人生就不新鮮了，就像登山到了巔峰，山下景色一覽無遺之後，也就想回家了（比小孩子遠足，數里跋涉，吃過便當，興味就減少了，就想回家，多一層透悟的工夫）。

人過了中年，看透人生百態，憧憬消釋之後，「對生的趣味漸漸在那邊減少了」，「這自然不是說馬上想去死，只是說萬一（？）死了，也不這麼頂要緊而已」。看人生戲法不過如此，「同時又感覺疲乏」，就不免想到「勞我以生，息我以死」的想法。雖人人怕死，但又想到如果「天從人願，誰都不死，又怎麼得了呢？」於是夕陽西下，也該是正好的韶光，絕妙的詩情畫意，又何必歎惋？

有傳統文人的灑脫與趣味

讀到這兒我們不免想到齊景公慟哭於牛山時，晏嬰的灑脫與趣味。有杜牧「停車坐愛楓林晚，霜葉紅於二月花」（〈山行〉）的淒美，沒有李商隱「夕陽無限好，只是近黃昏」（〈登樂遊原〉）的怨惜。更有蘇東坡「回首向來蕭瑟處，歸去，也無風雨也無晴」（〈定風波〉）的淡然和灑脫。參悟色空，順任自然，一切橫逆都不放在心上（晴是情的雙關語），於是他以感謝的口吻說：

他安排得這麼妥當，咱們有得活的時候，他使咱們樂意多活；咱們不大有得活的時候，他使咱們甘心少活。生於自然裡，死於自然裡，咱們的生活，咱們的心情，永久是平靜的。

他平靜以至平淡，已到相當高的境界，他說「有得活不妨多活幾天，還願意好好的活著，不幸活不下去了，算了」，這分淡然灑脫的胸襟，使他歷煉了兩度的清算圍剿，下放勞改，還能好好地活著。

勞我以生息我以死

俞氏這篇文章，提到「勞我以生，息我以死」的兩句話。他說：「我很喜歡這兩句話，死的確是一種強迫的休息，不媿長眠這個雅號。」他的喜歡，是基於「生於自然，死於自然」的體認，而欣賞這兩句對死的坦然。其實就我國傳統文人對這兩句話，應該還有更深刻的意義，因為曾子說：「士不可不弘毅，任重而道遠，仁以為己任，不亦重乎？死而後已，不亦遠乎？」（《論語・泰伯》）知識分子感到整個生命的歷程，都在背負著沈重的十字架，有「先天下之憂而憂，後天下之樂而樂」的使命感，於是有「勞我以生，息我以死」的體認，因此「當仁不讓於師」，在生死關頭，就有唯仁義是求的浩然，有「生有何歡，死又何懼」的慷慨。

俞氏在寫完本文後的五十餘年，他還好端端地活著。他曾由名教授下放勞改，成為一名工友，相信他對人生應當有另一番的體驗，相信他已越過三十幾歲時的淡然胸懷，只不曉得歷盡滄桑的他，又是什麼樣的人生境界？也不曉得是不是曾經把它寫出來？這該是讀者感到關切的問題。

愧對行雲一高僧

——評夏丏尊的〈生活的藝術〉

〈生活的藝術〉是夏丏尊先生（西元一八八五—一九四六年）寫他與交往三十幾年的老友——李叔同（西元一八八〇—一九四二年）相聚四天的事。李叔同本是國內藝術界的先輩，皈依佛門後，已不談藝術，但在《文藝論ＡＢＣ》作者夏丏尊先生的眼裡，他的生活卻充滿了藝術。

一般提到藝術，總不免想到：對某些人來說是奢侈品的琴棋書畫，是酒足飯飽後吟詩作賦這一類的精神享受。一般人講究生活的藝術，就是提高生活的品質，喝茶講求茶道，居家考究擺飾，要求格調高、氣氛好，所以雖不一定豪華，卻要細緻；雖不一定鬥富，卻崇尚高雅閒情。可是夏先生在這兒所強調的「藝術的生活」，卻是「觀照享樂的生活」，無關風雅，無關琴棋書畫，而是咀嚼玩味日常的生活。他強調：一個人日常生活有觀照玩味的能力，就有權去享受藝術之神的恩寵，迥異於一般人所謂藝術的講求。

扣緊主題剪裁得宜

扣住這個主題，所以夏先生寫與好友數日的盤桓，不寫他們闊別的情懷，也不寫兩人重聚的歡欣，更不寫這位——父親是進士出身名銀行家的佳公子，如何從藝術大師成為佛門高僧的心路歷程，而專寫「在他，世間竟沒有不好的東西，一切都好，小旅館好，統艙好，掛褡好，粉破的席子好，破舊的手巾好，白菜好，萊菔好，鹽苦的蔬菜好，跑路好，甚麼都有味，甚麼都了不得」。所以很生動而饒有趣味的寫出數日相聚的情形，竟用不到一千字。扣緊主題骨幹，芟落旁枝，用字之經濟，剪裁之得宜，不能不令人歎服。

兩位好友到底相聚了幾天？我們無法確實得知，但文中寫到的有四天：先前一天在七塔寺雲水堂相見，在作者心目中不清爽的小旅館，他卻說很好，臭蟲只有兩三隻，而主人待他如何客氣，又說輪船統艙的茶房待他如何的和善，掛褡的雲水堂四五十個遊方僧擠在統艙式的雙層舖，又是如何的舒適。接著是寫在白馬湖春社的三天，第一天寫他粉破的席子，黑而破得不堪的毛巾，卻百般珍重。第二天寫他把萊菔（蘿蔔）白菜當成盛饌，鹹得非常的菜，也說鹹有鹹的滋味。第三天說吃飯跑路好，雨天用的木屐，儼然就是了不得的法寶。

我們細讀這段文字，寫得很有侖則：在相見那天，寫的是住的簡陋；白馬湖的第一天，是寫器用的破舊。第二天寫的是吃，第三天寫的是行。和尚的衣是袈裟，為大家所熟稔，就不在話下了。這種有條理而謹密的安排，卻從時序如行雲流水般娓娓道來，不露斧鑿之跡，我們就不難發現：夏先生這篇文章真如廚川白村所說的：「裝著隨便塗鴉的模樣，其實卻是用了雕心刻骨的苦心的文章。」

以藝術評估其生活

夏先生刻意刻畫弘一和尚——鹹苦粗淡皆佳妙，統艙破席總相宜——的生活態度，而說這是生活的藝術化，這位本名李叔同的弘一法師，雖被佛門尊為「重興南山律宗第十一代祖師」，但在一般俗家看來，他仍是國內藝術界的先輩，所以夏先生看他過著刻苦守律，甘之若飴而不談藝術的生活，卻還是想到他的藝術造詣，發現他生活的境界，正是所謂生活的藝術化。

以藝術的角度，評估弘一的生活，或許不為許多人所同意。弘一之所以能到此境界，是由於宗教方面的徹悟？或是藝術方面的造詣？這不免見仁見智。夏先生說：「藝術的生活，原是觀照享樂的生活，在這一點上，藝術和宗教實有同一歸趨。」說宗教的生活，原是觀照享樂的生活，恐怕不為僧徒所同意。他們所強調的是那終極目標，把修持時遭受的痛苦，視為必然的歷練，所以逆來順受百般忍耐，或以其為因果及劫難，而欣然領受。至於觀照生活的樂趣，享得「萊菔白菜的全滋味、真滋味」，那還是藝術的專利。

主題意識明顯強烈

夏丏尊先生以明快的筆調，寫出在弘一眼中「世間竟沒有不好的東西」，於是用「這是何等的風光啊」起興，用了三四百字，提出自己對生活藝術化的見解。這是主題之所在，為了明顯突出，不惜採用辭賦「曲終奏雅」的方式。

這種處理方式，教訓意味顯得重些。其實像：「萊菔白菜的全滋味、真滋味，怕要算他才能如實嘗得的了」這種句子，未嘗不可在前頭寫弘一「鄭重地用筷子夾起一塊萊菔來的那種了不得的神情」時，穿插進去，以疏宕這兩段密集的警句，以免句句教訓直灌讀者的心田，令人難以消受。在這兩段末了，夏先生說：

> 真的藝術，不限在詩裡，也不限在畫裡，到處都有，隨時可得。能把他捕捉了用文字表現的是詩人，用形及五彩表現的是畫家。不會做詩，不會作畫，也不要緊，只要對於日常生活有觀照玩味的能力，無論誰何，都能有權去享受藝術之神的恩寵。否則雖

自號為詩人畫家，仍是俗物。

不但義正詞嚴，甚至慷慨激越了。

淡化教訓指回自己

如果在篇章的最後，作者完全站在客觀的立場加以評述，那就與讀者對立，成為藉題以訓讀者的文章，容易使人產生排拒的心理。他已把握到美國文學家彼德森（Houston Peterson）所謂「散文乃是為千千萬萬個的我而寫的」，所以最後一段「自憐囫圇吞棗地過了大半生，平日喫飯著衣，何曾嘗到過真的滋味，乘船坐車，看山行路，何曾領略到真的情景！」感喟自己，也就惕勵了別人，緩和了教訓的面孔，除去了告誡的嚴霜，而以自怨「去日苦多，又因自幼未曾經過好好的藝術教養」，日後雖願留意，但也未有把握作結，到達「汝雖打草，吾已蛇驚」的戒惕作用，是可圈可點的手法。

生活藝術化的真諦

在這物質豐裕的現代社會，多少人以為居家重視裝潢設計，就可以增加生活的情趣，提高藝術的品味，於是客廳酒吧化，臥室旅館化了。殊不知這種追求，完全是物質生活的層次，唯有像夏先生所說：「對日常生活有觀照玩味的能力」，才能提高到精神生活的層面，「享受藝術之神的恩寵」。換句話說：一個人要培養在日常生活中見情趣，享受其中的美，否則就沒有跨入藝術的門牆，窺其堂奧。美的感受，有待觀照能力的培養，也就是文學藝術的薰陶。受過文學藝術薰陶的人，是要比一般人更能觀照美的角度，捕捉美的時空，獲得美的訊息。

回想當年與我的老師盧元駿先生同在輔仁大學夜間部兼課，校車駛過中興大橋，多少教授先生都為基隆河的惡臭蹙眉掩鼻，他卻填了一首北越調〈天淨沙〉：「四圍徧鑲銀星，一泓波閃湘靈，天水相溶倩影，虹橋飛騁，輕車載滿光明。」別人蹙眉掩鼻的基隆河，在他心目中卻如美麗的湘江，沒精打采的路燈，卻如閃閃的銀星，沈緬在〈九歌〉湘君、湘夫人——那浪漫的情歌和神話裡，怎會不美？唯有文學所滋潤的心靈，才能馳騁浪漫的想像；藝術所沃溉的心田，才能滋長美的根苗。夏先生所謂的俗物，是因為生活時時有樂趣，卻不能領略；眼前處處有美景，眼中卻無景。一個人如果能在生活中豐飽美的感受，吃出蘿蔔的真滋味，感受統艙的真樂趣，一切佳妙都能「如實觀照領略」，那麼他就置身在藝術的殿堂。

夏先生說我們不要再「為實利或成見所束縛」，才能嘗到真滋味，領略真情景，宋代無門和尚也說：「春有百花秋有月，夏有涼風冬有雪，若無閑事掛心頭，便是人間好時節。」要回復不染實利塵埃的赤子之心，夏先生說他沒有十分把握，言之憮然，字面上說的是自己，其實說的是天下蒼生哪！

江山亦要文人捧

——評朱自清的〈荷塘月色〉

東漢末年，王粲（字仲宣）投靠荊州劉表時，寫了一篇傳誦古今的〈登樓賦〉。後來荊州、襄陽、當陽，都有仲宣樓，各自標榜當地就是王粲登樓處，想藉之以成名勝。宋代蘇軾被貶黃州時，遊覽黃岡縣城外的赤鼻磯，完成〈赤壁賦〉。將其地當作曹操兵敗的赤壁，借以發抒情懷，於是赤鼻磯的赤壁，也大享盛名。這似乎可說明：山川名勝不在明秀，而在名人名篇。難怪郁達夫有詩云：「樓外樓頭雨似酥，淡妝西子比西湖，江山亦要文人捧，堤柳而今尚姓蘇。」（〈詠西湖〉）證之於清華園中的小小荷花池，經朱自清〈荷塘月色〉的渲染，也就名聞遐邇，可見「江山亦要文人捧」，洵非虛言。

忠厚拘謹文如其人

〈荷塘月色〉是朱自清重要的散文代表之一，如今被刪節選入國中國文第四冊。早已膾炙人口。但余光中先生〈論朱自清的散文〉（刊於《中外文學》六卷四期，並收入《青青邊愁》頁二一三），卻說它「浪得盛名」。余先生說：「朱自清在散文裡，自塑的形象，是一位平凡的丈夫，和拘謹的教師」，又說：「朱自清忠厚而拘謹的個性，在為人和教學方面固然是一個優點，但在抒情散文裡，過分落實，卻有礙想像之飛躍，情感之激昂。『放不開』。」當然，朱自清的散文，在「大量採用了詩的意象處理，造成了語言的繁富與魅力」的余先生眼中，是不免會覺得「心境溫厚、節奏舒緩、文字清淡，絕少瑰麗、熾熱、悲壯、奇拔的境界」，缺乏「飽滿的藝術人格」。余先生的批評，的確深中肯綮。只是飽滿而充足的藝術人格，如蘇東坡的豪邁，固然吸引讀者，為人所激賞、嚮往、仰慕；但像朱自清那平淡與拘謹的性格，則別有一股親和力，尤其文如其人，在字裡行間流露著真摯、樸素與忠厚，沒有精光外溢和撼人的氣勢，卻令人感到溫煦可親，自然有其感人的力量。

文章一開始說：「這幾天心裡頗不寧靜」，是引發他去欣賞荷塘月色的動機，正如王粲〈登樓賦〉：「登茲樓以四望兮，聊暇日以銷憂」。朱自清是為了求得心裡的平靜去看荷賞月，王粲是為了銷憂所以去登樓。朱自清接著很清楚的交代他怎麼想起池塘，這時牆外已靜，屋內妻子在為小孩哼著催眠曲，於是他獨自去賞荷。一五一十，娓娓道來，在講求「密度」的余先生眼中，它當然有些拖沓。

接著第二段用一百多字細細描述沿著荷塘的小路，在月光下的景色。用一些疊字，形容環境的寂靜，樹木的蓊鬱。第三段則訴說他面臨荷香月色的思緒和心境，說出獨處的自由與妙處。余先生以為「交待太清楚，分析太切實，在論文裡是美德，在美文、小品文、抒情散文裡，卻是有礙想像、分散感性經驗的壞習慣」。尤其第三段「無論在文字上或思想上，都平庸無趣。裡面的道理，一般中學生都說得出來，而排比的句法，刻板的節奏，更顯得交待太明，轉折太露，一無可取，刪去這一段，於『荷塘月色』並無損失」。當然，由於朱自清的平實忠厚，缺乏翻空出奇的思想，語言藝術上「也無獨創的句法和新穎的字句，更沒有左右逢源曲折成趣的意象」（余光中〈剪掉散文的辮子〉）。不過就作者來說，這正是他心境與人格的自然流露，更何況正如余先生所說：「詩用暗示與象徵，散文用直陳與明說」，所以即使交代明白而過於龐雜，卻可使讀者更能接受他的引導，領受它所呈現的意象世界。

〈洛神賦〉式的綿密譬喻

〈荷塘月色〉的四、五、六段，用了很多的譬喻，描述形容月光下的荷塘和周圍，長於氣氛的烘托，靜態和動態的描述，近景與遠景的轉換，景致與聲音的配合，把它寫得美極了。我們若稍作分析，可看出第四段，寫荷葉荷花，先寫靜態，用「微風過處」轉寫動態，頗有變化。第五段寫月色，先寫月光，次寫照在灌木和楊柳的月影，最後寫光與影的和諧，有現代電影運用特寫鏡頭的手法。第六段描繪荷塘的周圍，先寫樹，再及遠山，再回到路燈，然後寫蟬聲和蛙聲。就像老練的導演，在取鏡轉換上都費盡苦心，而不浪費一寸膠卷。余先生在這三段中錄了十一句，其中共用十四個譬喻，但他說：「這些譬喻大半浮泛、輕易、陰柔，在想像上卻不出色」，唯「微風過處，送來縷縷清香，彷彿遠處高樓上渺茫的歌聲似的」，比較有韻味。那是因為這譬喻，轉換了感官的屬性——把訴諸嗅覺的清香，用得自聽覺的歌聲，加以譬喻形容，自然比較新奇。至於形容「叢生的灌木，落下參差的斑駁的黑影，峭楞楞如鬼一般」，能夠寓美於醜，所以也受余先生的讚美。不過他說：「十四譬喻中，竟有十三個是明喻，要用『像』、『如』、『彷彿』、『宛然』之類的字眼來點明『喻體』和『喻依』的關係。在想像文學之中，明喻不一定不如隱喻，可是隱喻的手法畢竟要曲折、含蓄一些。朱文之淺白，這也是一個原因。唯一的例外是睡眼狀燈光的隱喻，但是並不精譬、不美。」

余先生又說：「朱自清散文裡的意象，除了好用明喻而趨於淺顯外，還有一個特點，便是好用女性意象。」朱自清寫景寫情時，的確是容易浮現女性的意象。不過，我們應該看他寫的是什麼，以女性意象寫陰柔美，原本就是文學家慣用的用法。本篇寫荷花荷葉，比喻為「舞女的裙」、「剛出浴的美人」，應該是十分妥貼的。尤其荷、蓮、芙蓉，一物多名，古人一向用以形容女子，「蓮步隨歌轉」、「宿露低蓮臉」、「灼灼芙蓉姿」、「珠簾掩映芙蓉面」、「嬌顏千歲芙蓉花」、「芙蓉脂肉綠雲鬟」、「荷葉荷裙相映色」都是形容女性美；又有蓮花盃、芙蓉帳、芙蓉冠子、步步生蓮華等典故，所以它早已是美女的代稱，因此賞荷浮現美女的意象，就像看明月勾起鄉情。至於余先生擔心：「舞女的裙」，對今天的讀者恐怕是負效果；「美女出浴」會聯想到月分牌、廣告畫等俗艷的場面。這在今天的社會風氣是有可能的，但事關讀者的美感經驗，難免因人而異，作者既沒有淫穢的暗示，也沒有作猥褻的導引，所以是作者無法也不必負責的。

提到荷花與女性的意象，不免令人想起曹植的〈洛神賦〉來，形容宓妃：「其形也翩若驚鴻，婉若遊龍。榮曜秋菊，華茂春松，髣髴兮若輕雲之蔽月，飄飄兮若流風之迴雪。遠而望之，皎若太陽昇朝霞；迫而察之，灼若芙渠出淥波。穠纖得衷，脩短合度，肩若削成，腰若約素」這些傳誦千古的名句，所不同的是他以荷花形容女性，而朱自清以女性形容荷花。〈洛神賦〉短短不到八十個字的形容，連用十個譬喻，而其中用了八個「若」的明喻，更不免令人懷疑，曾致力於漢魏文學的朱自清，是不是得自〈洛神賦〉的啟示，才使〈荷塘月色〉用如此綿密的譬喻與聯想。而他用「像」、「如」、「彷彿」、「宛然」的字眼，比起〈洛神賦〉一概用「若」，顯然更具變化。

〈登樓賦〉式的跳脫逆轉

如果說朱文首句「這幾天心裡頗不寧靜」，只是表示塵務經心，難以排遣，以引發遊塘的動機，那麼第六段最後寫的：「但熱鬧是牠們的，我什麼也沒有」，就相當怪異。依當代作家的寫法，他應該寫他融入其中，渾然忘我，站成岸旁一株柳，飄成荷塘的一片煙靄，或化成一隻蟬一隻蛙；如果疏離一些，未到忘我之境，也該成為華清池畔，看楊貴妃「侍兒扶起嬌無力」的唐明皇了。他何以如此疏離跳脫，將物我兩分？這種寫法不免令人想起〈登樓賦〉，因為它的開始：「登茲樓以四望兮，聊暇日以銷憂」，然後寫極目四望，極寫風景之美，寫到自己的感受時，卻是「雖信美而非吾土兮，曾何以少留」。

我們似乎有理由相信：朱自清寫此文，是承〈登樓賦〉的寫法，不過他沒有王粲那無所依恃的迷惘，和懷才不遇的悲慨，但有相同的懷土之情，所以底下說他：「忽然想起江南的舊俗——采蓮的事情來了。」臨結束時，更明說：「這令我到底惦著江南了。」

當然，由於朱自清沒有王粲的沈鬱與悲憤，所以他就偏重在景致的細膩描述，就像他寫「月朦朧，鳥朦朧，簾捲海棠紅」那樣，也一如當今電影運鏡，從不同的角落、不同的角度，逐一鋪敘了。就成為余先生所說：「朱自清的寫景文，常是一幅工筆畫。」

基本上，他是用賦的寫法，於是他又引了梁元帝的〈采蓮賦〉，寫采蓮人嬉遊的一段，感喟時過境遷，已無福消受；再引〈西洲曲〉，說這兒蓮花也過人頭了，但不見流水的影子，也就沒有詩中的情趣。再以惦記江南，離開荷塘回家作結。

余先生說末段「約佔五分之一的篇幅，都是引經據典，仍然不脫國文教員五步一註十步一解的趣味。這種趣味宜於治學，但在一篇小品美文中並不適宜」。其實，此文末段，並不同於治學的引經據典，以求字字有來歷，事事有根據，而是引古詩賦以打破時空馳騁其想像，跳脫眼前之景的侷限，就像〈登樓賦〉的第二、三段那樣。不過王粲依照當時用典的趣味與方式，把所有典故消化了，而用自己的文辭呈現出來；朱自清則整段照錄，讀起來不免有生吞活剝之感，尤其〈采蓮賦〉一段，當今讀者如果文言文的造詣較差，恐怕難以完全領略。這所牽涉的不但是讀者的問題，也是作者表現手法的問題，可是它不是結構上的問題。

國中的國文課本，乾脆把後面全刪了，固然讓讀者專注於他寫景的手法，但作者表達鄉愁的手法，就完全不見了，而朱自清說「熱鬧是牠們的，我什麼也沒有」也就顯然突兀怪異，於是有情趣不一致的懷疑。

腴厚從平淡出來

余先生說：「開場和結尾，既無破空而來之喜，又乏好處收筆之姿，未免太『柴米油鹽』了一點。」其實「柴米油鹽」正是朱自清的風格，也是他的特色——寫繁華而有真淳，寫憂傷而有淡遠。他沒有前人的悲憤與沈痛，但責任壓力的負荷，使他很難神采飛揚、逸興遄飛，只憑他的老實與真情，發揮感人的力量，所以說他的散文「腴厚從平淡出來」(楊振聲的評語)，是不錯的。清華園的荷池，就在他「既無破空之喜，又無好處收筆之姿」的描述下，成為名勝了。

十年心事十年燈

——評琦君的〈母親的書〉

猶太諺語說：「上帝不能分在各處，因此他製造母親。」正因為母親無所不在，母愛的溫馨、偉大，也就成為世人不斷謳歌稱頌的對象；加以古往今來，每個人的境遇不同，因此寫母子親情，就有取之不盡用之不竭的素材。

題材選擇，別具匠心

在琦君的散文中，母親是經常出現的。她也寫過不少追憶母親的文章，每篇都取某一事物為題，組合若干往事，剪裁綴集，頗見巧思。這篇寫「沒有正式認過字、讀過書」的母親，竟以她所常用的「書」為題材，尤其別具匠心。文章透過母親常用的書，以及相關瑣事的敘述，描寫了母親的溫婉、善良、勤勉和虔誠，更表現了貞定涵容的美德以及溫柔敦厚的情懷，正是中國傳統婦女的典型。

琦君在文中，用「無字天書」寫母親針繡手藝的精巧；以「十殿閻王」和「黃曆」寫其深信輪迴報應，和她因此而產生的行事準則；以「佛經」寫其唸經禮佛的虔誠；而貫串全文的，卻是母親感情生活的幽獨寂寞。

〈行行重行行〉的哀婉

古詩十九首〈行行重行行〉云：「行行重行行，與君生別離。相去萬餘里，各在天一涯。道路阻且長，會面安可知？胡馬依北風，越鳥巢南枝。相去日已遠，衣帶自已緩。浮雲蔽白日，遊子不顧反。思君令人老，歲月忽已晚，棄捐勿復道，努力加餐飯。」琦君筆下母親的遭遇、情懷，與詩人所吟唱的十分類似。

從第一本所謂「無字天書」，「母親每回翻開書，總先翻到夾得最厚的一頁，對著一雙喜鵲端詳老半天」，已隱隱點出深藏在母親心中「與君生別離」的幽情。我國舊有民俗以鵲噪為喜兆，所以有靈鵲報喜之說；而傳說中織女七夕與牛郎相會，也是使鵲為橋，以渡天河。因此作者寫母親總是先看喜鵲，這固然因為它是外婆的遺物，卻也暗示母親有馮延巳〈謁金門〉詞所謂「終日望君君不至，舉頭聞鵲喜」的渴望。而且更藉這對喜鵲「張著嘴的是公的，合著嘴的是母的」，隱喻母親含蓄的性格；而母親「眼神定定的，像在專心欣賞，又像在想什麼心事」，正是相思之情的流露。次一段提到書頁對摺的夾層，藏著父親從北平的來信，時時抽出來重讀，就透露了「各在天一涯」的無奈。

提到第二本書——「十殿閻王」，表面上似乎沒有這方面的情懷，但作者在提到母親踩到小雞之後，筆鋒一轉，「想起『十殿閻王』裡那張圖畫，小小心靈裡，忽然感覺到人生一切不能自主的悲哀」，就又緊緊扣住貫串文章的脈絡。

提到黃曆的二十四節氣，就說：「每回唸到八月的白露、秋分時，不知為甚麼，心裡總有一絲淒淒涼涼的感覺，小小年紀，就興起『一年容易又秋風』的慨嘆。」這是借賓形主的手法，小女孩有此慨歎，那麼做小女孩母親的，更不免有「歲月忽已晚」的浩歎了！於是從「中秋節是應當全家團圓的，而一年盼一年，父親和大哥總是在北平遲遲不歸」，指陳「遊子不顧反」的實況，引出《詩經・蒹葭》來，說出「道路阻且長，會面安可知」的落寞。更由《蒹葭》的「白露為霜」，說到母親額角的「鬢邊霜」，表露母親「思君令人老」的哀婉！

接著，作者形容母親對佛經的虔敬，似乎又無關這種情懷的表達。其實不然，因為作者寫母親唸經時，「我望著燭光搖曳、爐煙繚繞，覺得母女二人在空空蕩蕩的經堂裡，總有點冷冷清清」，已不免為母親感情生活的淒清有所抱怨了。頗有清代女詞人吳藻「一卷〈離騷〉一卷經，十年心事十年燈，芭蕉葉上聽秋聲」的感傷怨歎！

溫柔敦厚，貞定昇華

雖然作者微露了抱怨之情，但她筆下的母親卻總是哀而不傷，幽而不怨。端詳喜鵲時，「嘴角似笑非笑」；對丈夫的信，視為至寶，在女兒睡著之後，就悄悄地抽出來重讀；唸完了佛經，「寧靜的臉上浮起微笑，彷彿已經渡了終身，登了彼岸了。」和古詩十九首的詩人所謂「棄捐勿復道，努力加餐飯」一樣，表現了貞定、包容和諒解，是溫柔敦厚的極致。中國數千年來，就在婦女溫婉貞定、感情昇華之下，化解了多少家庭風波，維繫了社會的安定，使社會充滿了溫馨祥和之氣，作者很成功地表現了這些平凡中的不平凡處。以個人的特寫，描繪出我國傳統婦女的共相，使人讀來倍感親切，這就是本文最成功的地方。

博古通今，則待商榷

在幼孩的心目中，母親就是上帝的名字，母親的心是兒女的教室。所以以為母親博古通今，是合乎情理的。但是本文以它作結，又沒有時空的設定，只說：「母親沒有正式認過字，讀過書，但在我心中，她卻是博古通今的。」則有待商榷。

當然，作者在本文中，已一再提示「小小年紀」、「小小心靈」，似乎不必在結語限定「那時」或「小時候」。但細讀全文，作者並不是完全以小時候主觀的認知口吻去寫的，所以說輪迴，作者就沒有完全認同而提到「外公說十殿閻王是人心裡想出來的，所以天堂與地獄都在人心中」，對母親的思想，有所批判與修正。

提到《詩經・蒹葭》，說：「我當時覺得『宛在水中央』不大懂」，就跳脫其時空，從撰文時超然的立場去比較。後面提到《本草綱目》，又說「那裡面那麼多木旁、草字頭的字，母親實在也認不得幾個」，也是以回憶的口吻，作客觀的判斷。那麼最後結語，作時空的設定，用追憶的語氣，就有必要了。更何況「母親實在也認不得幾個（字）」言猶在耳，接著就說「在我心中，她卻是博古通今的」，不免有突兀之感。當然，所謂博古通今，並不限於書本上的知識，但標題既是「母親的書」，自然不免令人作這樣的聯想。

另外，畫著十殿閻王的黃標紙，應是黃表紙之誤，順便在此一提。但這些都瑕不掩瑜，它實在是一篇值得細讀的好文章。

大珠小珠落玉盤

——評徐志摩的〈翡冷翠山居閒話〉

民國十四年，徐志摩和陸小曼戀愛的事，在北京鬧得滿城風雨，他為稍作迴避，於是到歐洲旅行。四月到義大利，選風光明媚的翡冷翠（義大利文Firenze），做為避風港。六週之後，他離開了，就在這一年七月，寫下這篇美文。它是這時期白話散文風格的代表，對後來有相當深遠的影響。

陶淵明的欣賞焦距

翡冷翠是義大利著名的城市，在多斯加納平原的中央，距羅馬一四〇哩，瀕阿諾河，是文藝復興時代的重鎮，也是當今藝術的名城，依英文Florence，中文譯為佛羅稜薩，或佛羅倫斯。這兒有很多的古建築物，許多的藝術殿堂，徐志摩不描寫那些藝術瑰寶，不細述號稱「翡冷翠西敏寺」的聖十字教堂，而寫山居獨處的感悟，傾訴遨遊時激發自內心的美感體驗。李豐楙先生說這是一種「自然崇拜」的情緒，「他讚頌人與自然之間的關係，讚美散步的哲學，強調獨遊的樂趣。這種觀照的情境，基本上是融合了他在劍橋時期既有的自然崇拜傾向，與東方哲學對大自然的感性，因而形成一種親和的關係。」（《中國現代散文選析㈠》頁二一九）

就中國田園山水詩人來說，陶淵明偏重主觀寫意，多寫山水田園的寄託，而謝靈運則偏重客觀寫實，多寫山水險怪的形貌。焦距不同，顯象就不同，徐志摩寫翡冷翠，顯然是取用陶淵明欣賞山水的「焦距」。

徐志摩是否表現自然崇拜的情緒，暫且不說，而這篇文章則完全表達了陶淵明「歸田園居」的情懷。寫出「久在樊籠裡，復得返自然」的樂趣，道出陶淵明「欲辨已忘言」的「此中真意」。所以他雖然投身在義大利的山水田園，但抒寫的卻是中國人的生命情懷。

六朝風尚疊句排比

徐志摩欣賞山水田園的焦距，雖然向陶淵明認同，但華麗的文筆、駢排的字句，卻傾向於謝靈運，頗有六朝的習尚。他好用駢排疊句，與其舊文學的素養有關，徐志摩的表親——中央研究院院士蔣復璁先生，於《傳記文學》創刊號（民國五十一年六月）所寫的〈徐志摩小傳〉，便說：「志摩之語體詩文，自為一代宗匠，而於舊文學造詣亦深，於文好龍門與蒙莊，尤工駢文，為新會先生所讚許，而推於康南海也。」就〈翡冷翠山居閒話〉來說，因性質與《史記》、《莊子》不同，比較難以看出是否受其影響，而疊句排比受駢文的影響，倒是俯拾皆是。如：

(一)帶來一股幽遠的澹香，連著一息滋潤的水氣，摩娑著你的顏面，輕繞著你的肩腰。

(二)近谷不生煙，遠山不起靄。

(三)你不妨搖曳著一頭的蓬草，不妨縱容你滿腮的苔蘚。

(四)拘束永遠跟著我們，自由永遠尋不到我們。

(五)加重我們頭上的枷，加緊我們腳脛上的鍊。

(六)在澄靜的日光下，和風中，牠的姿態是自然的，牠的生活是無阻礙的。

(七)山壑間的水聲，山罅裡的泉響。

(八)流入涼爽的橄欖林中，流入嫵媚的阿諾河去。

(九)更不提一般黃的黃麥，一般紫的紫藤，一般青的青草，同在大地上生長，同在和風中波動。

(十)這無形跡的最高等教育便永遠是你的名分，這不取費的最珍貴的補劑便永遠供你的受用。

這些固然如梁錫華先生所說的，是由於志摩崇拜義大利作家丹農雪烏（Gabrielled Annunzio，或譯鄧南遮、或唐南遮），居翡冷翠期間，渴望見其人，且耽讀其文，因而「文章內的色彩美、音樂美以及一種薰人欲醉的芬芳氣息，顯然沾染了不少丹農雪烏的情韻」。其實，形式的連續排比，並力求音調的和諧、文辭的華美、色彩的亮麗，也都是六朝美文的特徵，尤其他在對偶詞聲調方面，都相當考究，如：近谷對遠山，生煙對起靄，蓬草對苔蘚，枷對鍊，水聲對泉響，黃麥對紫藤，不論對稱或平仄，都合於駢文對仗的要求。

徐志摩的文章，為新會梁啟超所稱許，他給梁任公的信是用文言文寫的，也是疊句排比。就以胡適之於〈追悼志摩〉（《新月》第四卷第一期）所發表——徐志摩給梁啟超的兩封信為例：

㈠我之甘冒世之不韙，竭全力以鬥者，非特求免凶慘之苦痛，實求良心之安頓，求人格之確立，求靈魂之救度耳。

人誰不求庸德？人誰不安現成？人誰不畏艱險？然且有突圍而出者，夫豈得已而然哉？

㈡嗟夫吾師！我嘗奮我靈魂之精髓，以凝成一理想之明珠，涵之以熱滿之心血，明照我深奧之靈府。而庸俗忌之嫉之，輒欲麻木其靈魂，搗碎其理想，殺滅其希望，汙毀其純潔！我之不流入墮落，流入庸懦，流入卑汙，其幾亦微矣！

就可看出他抒情的行文習性。

三疊句的後句拉長

當然，〈翡冷翠山居閒話〉是白話散文，並不是駢文，只是類比疊句，大量使用而已，一如黃宗羲的〈原君〉用了很多的單句對、雙句對，甚至長偶對。古來散文就有連續排比三句的句式，如《孟子・滕文公》：「居天下之廣居，立天下之正位，行天下之大道，得志與民由之，不得志獨行其道，富貴不能淫，貧賤不能移，威武不能屈，此之謂大丈夫。」

徐志摩也用連續排比三句的形式，如前所提「一般黃的黃麥，一般紫的紫藤，一般青的青草」便是。但他在白話中，他常有意參差其句，如：「那才是你福星高照的時候，那才是你實際領受，親口嚐味，自由自在的時候，那才是你肉體與靈魂行動一致的時候。」表面看來是第二句最長，實際上「實際領受」、「親口嚐味」、「自由自在」，是跟「福星高照」並列，而最後「肉體與靈魂行動一致」，才真正拉長節奏，如此排列，可造成疏宕其氣的效果。三疊句後句節奏拉長，似乎是慣用的通則。如：「同在一個脈搏裡跳動，同在一個音波裡起伏，同在一個神奇的宇宙裡自得。」第三句特加形容詞以拉長節奏，這種排比方式，是當今某些作家所慣用，由此也就可知徐志摩文章的魅力和影響力。

排比疊句變化多端

徐志摩排比疊句，具有多樣性的變化：前所舉的「實際領受」、「親口嚐味」、「自由自在」並列一句，是用以減少「那才是你……的時候」的句數。而「單是活著的快樂是怎樣的，單就呼吸、單就走道、單就張眼看、聳耳聽的幸福是怎樣的」，卻是連用「單就」以省「是怎樣的」。都達到變化以求新奇的效果。

又如：「扮一個牧童，扮一個漁翁，裝一個農夫，裝一個走江湖的吉卜閃，裝一個獵戶」，他分別用「扮」「裝」兩個同義詞，略加區分，以免太多的雷同。「寂寞時不寂寞，窮困時不窮困，苦惱時有安慰，挫折時有鼓勵，軟弱時有督責，迷失時有南鍼。」則以「不」和「有」分為兩種類型，以免排比過繁。

他也運用駢文長偶對的形式，作散文的長偶對。如：「你一個人漫遊的時候，你就會在青草裡坐地仰臥，甚至有時打滾，因為草的和暖的顏色，自然的喚起你童稚的活潑；在靜僻的道上，你就會不自主的狂舞，看著你自己的身影幻出種種詭異的變相，因為道旁樹木的陰影在牠們于徐的婆娑裡暗示你舞蹈的快樂。」用「你就會……因為……」的長句句型排比起來。

這種排比疊句造成的節奏，頗有韻文的音樂美，參差的變化，則使它更有「大珠小珠落玉盤」的變奇效果。

文氣冗贅形容詞濫用

徐志摩寫這篇文章，是很真誠的投入而馳騁其想像，也很能讓人投入而馳騁其想像。梁實秋先生說他「永遠保持一個親熱的態度」，「讀志摩的文章的人，非成為他的朋友不可。」（〈談志摩的散文〉，《新月》第四卷第一期）同時，他用了很多譬喻，也是這篇文章的特色。如以蓬草比喻未梳理的頭髮（取自《詩經・伯兮》），以苔蘚比擬未刮剃的鬍子，以「一個裸體小孩撲入他母親的懷抱」，比方人們投入大自然的原始衝動和快樂，以含羞草譬喻渾樸天真容易受到傷害，都是意象鮮活生動。以「最偉大的書」比擬大自然，則貼切而新穎，為本文生色不少。

其為人所詬病的，大體是在累加形容詞的長句上，如「什麼偉大的深沈的鼓舞的清明的優美的思想的根源不是可以在風籟中，雲彩裡，山勢與地形的起伏裡，花草的顏色與香息裡尋得？」一句就五十三字，其中用五個形容詞形容思想，四個處所詞語推敲其源頭，雖然有加強語氣，令人迴腸盪氣的效果，但不合中國語文的表達習慣，讀來總是生澀冗贅，這是歐化所致，也可能正是受到丹農雪烏的影響。後人如果依仿這一項特色，恐怕就會像梁實秋先生所說的，令人作嘔了。

數說懶貓諷浮生

——評顏元叔的〈懶貓百態〉

顏元叔先生在〈朝向一個文學理論的建立〉一文曾說：「經過十餘年的研究與思考，我獲得兩個關於文學的結論：一、文學是哲學的戲劇化；二、文學批評生命。第一條理論是我自己形成的，第二條理論則是借自阿諾德（Matthew Arnold）——雖然阿諾德是十九世紀的文學理論家，他的『文學批評生命』的見解，對二十世紀的文學局勢具有特別的適應性。我企圖以第一理論，描繪文學的本質。以第二條理論，描繪文學與人生的關係，也就是說，文學對人生的功用。實際上，這兩個命題乃是相輔相成的。因為，只當文學是戲劇化的哲學時，文學才能夠產生批評生命的功用。」由他這段話，我們不難看出他寫作的傾向，以及「懶貓百態」為什麼這樣寫？究竟要表達什麼？

觀察入微描寫傳神

作者以「懶貓百態」為題，對貓的種種形態，的確觀察入微，而描寫也十分傳神，如寫野貓偷垃圾的一段：

但見虎頭蛇腰，連帶各式垃圾，從桶內一噴而出，轉眼便上了牆頭，上了屋頂，上了屋脊；回過頭來，牠兇狠俯瞰著我，而後，「貓武」一聲，以鄙夷的虎步沒入千簷萬瓦的蒼茫世界。

把野貓矯健的身手、嶙厲的骨氣，寫得活靈活現！

等野貓成為家貓，牠的慵懶貪婪，則寫得非常入微。如：

如今每當飯菜上桌，牠若在室外，必定雙爪抓住紗門，拍得門框砰砰作響；牠若已在室內，禮貌的時候，牠在桌上左盤右旋，不耐煩的時候，孟嘗君尚未上桌；牠已高踞一椅，前爪往桌沿一搭，睜開那難得睜開的眼睛，向菜碗視察一通，若是發現魚蝦缺貨，則頹然落席而去。

此外，還把懶貓的睡姿，作幾何圖形的解說，將其取巧的本領，寫得十分有趣：

> 中午我自校返家午餐，發現懶貓躺在牆腳下……最令人讚歎的是，那懶貓把背脊全部嵌入牆與地的直角中，於是，左邊兩隻腿貼在牆上，右邊兩隻腳貼在地上，頭部上仰，頸毛全露，連尾巴也鑲在牆地之間。這種因地制宜，把自然條件利用到了化境。

而顏先生的觀察入微，描寫具體而傳神，也幾臻化境。

節奏錯落聲音變巧

顏先生的文章，時而下筆閒散，時而節奏明快。文章的氣勢隨貓的姿勢情態而變化，寫貓虎虎生風的時候，文筆也騰擲矯健，寫貓慵懶的時候，文筆就閒散紆徐。當牠還是野貓的時候，讀者恍如看見武俠小說中浪跡江湖的俠客，一旦成為懶貓，眼前浮現的，卻又是一副慵閒無賴的嘴臉，尤其寫牠把頭塞入上裝口袋，被一聲吆喝，爬起狂奔，以及要牠捉鼠，虎虎噴氣，作防衛態勢。寫來波瀾起伏，造成全文節奏錯落有致的效果。

節奏的變化，配合文章的內容，是本文的特色，而本文在聲音方面的考究，尚不止於此。譬如貓的叫聲，本無太大的變化，但在顏先生的筆下，野貓的時期，是『『貓武』一聲，以鄙夷的虎步沒入千簷萬瓦的蒼茫世界」。成家貓寫其貪：「若無魚，你可在牠的『喵、喵、喵』抗議聲中，依稀聽出：『長鋏歸來乎，食無魚。』」寫其懶：「用鞋底或腳底輕輕蹂踏牠的腹部，牠連眼皮也懶得一提，只是輕哼著：『妙呀，妙呀，妙呀。』」其「貓武」「喵」「妙呀」的變化，令人不得不佩服他文字運用之妙。

套改成語妙用典故

運用文字之妙，還可從套改成語中見得，如寫要貓捉鼠的一段：「江山易改，本性亦不難移」，又如：「養貓千日，用貓一時」等，都是將一般慣常使用的成語，加以扭曲改造，產生諧趣。

套改成語或為一般人所常用，而本文還套用典故，介於倫與不倫之間，飽滿了這方面的趣味。如以貓已到非魚不食的地步，而套用馮諼客孟嘗君的故事，抗議「食無魚」是共同點，以懶貓喻馮諼本已不倫，加以後面記敘其遇鼠只作防衛狀，根本不堪一用，與馮諼為孟嘗君營三窟的大用相互對照，造成荒謬的對比，而為全文最有創意的一部分。

對比頂真巧作安排

對比的運用，當然不止於此，作者寫「初夏小施威力，太陽晒得頭皮細胞跳舞」，中午回家全身大汗，卻見貓在陰濕的地方，把背脊全部鑲入牆與地的直角中，便是強烈的對比，印證開頭所說：「治世之人，卻不如貓。」

此外，從野貓到家貓，其矯健與慵懶，嶙厲骨氣與貪婪無能，都是鮮明的對比。用這些對比，使意象更鮮活，使敘述更突出。這是結構的巧於安排。

為使意象更鮮活，作者提到貓的變化，總是用頂真句法，加快文章的節奏，如第一段：「霎時死貓變成活貓，活貓變成兇貓」，又如第三段：「那頭當年的野貓，已經登堂入室變成家貓，家貓變成馴貓，馴貓變成懶貓，懶貓變成貪貓。」這是修辭上的巧作安排。

擬人寫法倍增情趣

至於謀篇上的安排，也相當巧妙。用擬人的手法寫貓，寫偷垃圾的野貓，就寫成飛簷走壁來去自如的俠客；寫貪魚的家貓，就比擬為馮諼。使讀者很容易想到：作者明寫貓，而暗指人，以貓寫出人性的弱點。人有了太多的保護，便喪失生存競爭的能力，甚至喪失工作能力。兒女呵護太過，便無鬥志而沒有進取心。人的生活太富裕，便容易腐化。君不見亟於謀職謀生的人，櫛風沐雨，夙興夜寐，孜孜矻矻令人感動；一旦謀得安定的公職，就不乏偷懶、鑽漏洞以自肥的人。所以句句寫貓，卻處處喻人。寫貓逸趣橫生，喻人則鞭辟入裡。

淡化影射諷喻更深

雖然句句寫貓、處處喻人，但作者卻很少明喻，多用暗諷。有時還故意淡化影射，刻意強調他寫的是貓。如起首：「亂世之人不如狗；治世之人，卻不如貓，此話怎講，有貓為證。」以人貓相比，文字的表面，人是人、貓是貓，但相提並論已有暗指，「有貓為證」於是專說貓，以淡化影射。當寫野貓而想像「那獨來獨往的嶙厲骨氣」時，喻之於人的色彩太濃了，所以趕緊接著寫：「怎麼啦，我大概是武俠片看得太多了吧。」拉回到貓是貓、人是人來。

影射的淡化，有時不免欲蓋彌彰，就如所謂「此地無銀三百兩」，常是作者透露主題的手法。只是欲蓋於無形之中，故留蛛絲馬跡，讓人發現，才是高招，如加一句：「此文純寫貓，若與某些人境遇相似，純屬巧合。」就不能讓讀者有自得的滿足。

製造俏皮乃多蔓枝

顏先生一向以亦莊亦諧之筆，刻畫著時代的斑斑點點，有人說他「鞭笞之間，固是怒目金剛，看看流膿淌血，紙背卻懷著一顆菩薩心腸」（《中國當代十大散文家選集》），這是我們讀〈懶貓百態〉，所可以感受到的。只是第三段敘述上菜市場，似乎為幽默而幽默，行文有故作俏皮之感，不免旁出蔓枝。尤其寫他「笑看太太的粗手指捏遍每根豆角，禿指甲敲響成排的西瓜」。就不免想起關漢卿寫禿指甲的〈醉扶歸〉：「十指如枯筍，和袖捧金尊。搊煞銀箏字不真，揉癢天生鈍。縱有相思淚，索把拳頭搵。」雖然趣味十足，卻有失溫厚，不知顏先生與讀者以為然否？

妙造自然誰與裁

——評林文月的〈鑰匙〉

林文月教授是當前研究六朝文學的翹楚之一。六朝是唯美文風最盛的時期，也是語文藝術最被考究的階段。所以她強調：「散文作者，不僅要在大處經營布局結構，中間又要照顧前呼後應，文氣連貫諸節，小至一句一字都不可掉以輕心，實在是勞心費神之極。」並且說：「一切的文學藝術豈有不勞心費神的呢！」❶是可以理解的。我們如果據此以剖析她的作品，應該不至於太離譜才是！

一、預作伏筆前後呼應

〈鑰匙〉這篇散文給人的感覺，像是即興之筆，正如廚川白村所謂：「如果在冬天，坐在暖爐邊的安樂椅上；倘在夏天，則披浴衣、啜苦茗，隨隨便便，和好友任意閒談，將這些

❶ 見林教授〈散文的經營〉，收入洪範書店於民國七十五年所出版的《午後書房》，頁七。

話照樣移在紙上」的那種散文。從「小時候，最羨慕母親袖子下掛著的一串鑰匙」說起，談鑰匙打開櫥櫃取五彩繽紛衣服；打開五斗櫃，墊起腳跟瀏覽紙筆文具。道出難忘的童年往事，溫馨而有趣，像是閒話家常，不勞經營，其實這是為今昔之比、預作伏筆的刻畫安排。

接著發出「就連一把鑰匙都沒有」的感喟，說出當年放學回家，按門鈴等人開門的悒快。從鑰匙代表的權威感，寫到小小心田的翳蔆。然後話鋒一轉，寫自己擁有第一把鑰匙的喜悅。這又與後來不得不攜帶一串沈甸甸的鑰匙，已不代表光榮的權威，以及出門換皮包，忘了把那串鑰匙丟入新皮包，以致把自己鎖在自家的門外，做了對比的呼應。

我們不難發現：文中所有關於鑰匙的昔日回憶，無不與後來感觸，有對應的作用。連歐巴桑二十年前無法學得號碼鎖的開鎖方法，這麼一段的敘述，也是與後來上市場買菜鎖妥房門，做有趣的對比。作者主張散文「為了求得突顯主題，不相干的部分應予儘量割捨剪裁，否則就會呈現表現過多，或賓主不分，或枝節掩蓋主幹之嫌」❷。而本文的確經過剪裁，有關素材一定割捨不少，所以才沒有她所謂「蕪蔓不清致主題欠彰明之弊病」。

---

❷ 同❶，頁四。

二、雙線進行俾便對應

就整個散文的結構來說，將歐巴桑寫進來，是配合主題雙管齊下的組合。表面上它只是「饒有風趣地插進一些題外話」❸，其實是作者慧心的安排。

作者對於鑰匙，在孩童時期存著浪漫的嚮往，當它是光榮的權威象徵，後來又當它是「爾虞我詐的世間自欺欺人的一種護身符」。穿插歐巴桑在二十多年前，對鎖和鑰匙不能適應，抱持否定的態度，但後來卻依賴它。表面看來，兩者的心理歷程是相反的，但對人心逐漸險惡，「人人自防，心扉緊鎖」的感受，則是一致的。不論是都市、或是鄉村，都同此趨勢。原先由於這位歐巴桑是自「南部民風樸厚的鄉村」，「不識字的她無由學得開（號碼）鎖的方法」，對使用鎖「甚不以為然」，還說「哪裡來那麼多小偷啊！你別詛咒自己了！」但曾幾何時，也「總是謹慎地鎖妥房門」，當主人問她「難道是防我不成！」還泰然幽默地回答：「誰知道什麼人是好人？什麼人是壞人？」這固然是一句玩笑話，但原來那份純樸的戇厚已失，正說明

❸ 美國文學家彼德森（Houston Peterson）認為散文「必須有一種散漫中的統一，可是也往往饒有風趣地插進一些題外話」。見吳東權〈文學的圓心〉所引，《中國散文大展》，頁三八，啄木鳥出版社，民國七十一年六月出版。

人們坦然開敞的心扉不再！

接著，作者寫自家遭賊。

事後檢查，發現小偷是從一扇與隔壁相鄰的窗子侵入宅內，所以雖然家裡前後裡外設置三、四道鎖，根本影響不了賊心。同一天，鄰居也失竊，廚房的鐵欄杆被撬開，一扇門上下安裝三套鎖，也全部給破壞。看來，鎖與不鎖，都起不了真正防患小偷的作用。❹

又馬上寫到「去年退休的歐巴桑，適於秋初來訪」，使雙線進行完全疊合，並由她帶來「連我們鄉下，現在也常鬧小偷」，「現在鄉村的風尚也不再純厚，種田人做活兒，也得鎖門帶鑰匙出外」的訊息，再做今昔之比。

三、用字小心略帶澀滯

作者主張：「有時並不改變文義，但是換一個字即能達到文章更順暢，或者反過來，故

❹ 同❶，頁一〇二。

意製造出澀滯的趣味，則小小一字之為用，又豈是可以忽略的！」❺在本文中，的確可以看到她在這方面的努力，如：「臺北居，大不易」，是改顧況對白居易開玩笑的話——長安米貴，居大不易❻，這樣改用固然不是首創，但用在遭賊不安全方面，卻是有「順暢而又出人意表」的趣味。至於製造澀滯，如：

△有時也令小小的心田翳薆。

△第一把鑰匙，正意味著寤寐期待的一串鑰匙的開始。

△入夜無須閉戶，更莫道門上加鎖了。

「翳薆」、「寤寐」、「更莫道」都是用了較文言的語彙，「翳薆」以通用的話來說，是「產生陰霾」、陶淵明〈歸去來〉：「景翳翳以將人，撫孤松而盤桓」及司馬相如〈大人賦〉：「時若薆薆將混濁兮」，都是用「翳」與「薆」做為晦暗形容的名句。「寤寐」通常習用「夢寐」，改用《詩經・關雎》所使用的「寤寐」；又把常用的「更別說」改用「更莫道」。用這些不太常

---

❺ 同❶。

❻ 見尤袤《全唐詩話・二・白居易》。

用，卻不至於需要查字典才明白的詞彙，便是為製造些許澀滯而改用的。至於「鎖與不鎖，都起不了真正防患小偷的作用」，「範」字用「患」，則恐怕是手民之誤，而非為澀滯而改用。

由於作者是從事學術研究的學者，學者寫學術論文講求客觀，有一分證據說一分話，不敢把話說得太滿。在文中也流露那分小心，如：

△我已經記不清楚是由幾把鑰匙穿成那一串了，約莫有十來把的樣子。

△大概與那些鑰匙所代表的權威感有關聯也說不定。

△似乎也夾雜著一些些權威感，可能也另有一些些成長的喜悅吧。

△歐巴桑大概是熬不住寂寞，到隔壁串門子去了……她大概時常這樣「鎖」好門便出外的。

△則恐怕還要包括一把不再是坦然開敞的心扉吧。

這些「約莫」、「大概」、「說不定」、「似乎」、「可能」、「恐怕」，當然不是贅詞，不過它有些不是絕對必要的，這無非是作者平時做學問實事求是，下筆務求態度客觀使然。

文中當然有很多千錘百鍊妙造自然的句子，如：「我原想把假想中『於我不利的人』鎖在門外，卻一不小心反而把自己鎖在自家的門外，對著認鑰匙不認主人的門，也只好徒呼奈何了！」構思組句十分精妙，而「如今，我寧願不必攜帶任何一枚鑰匙，但我幾乎天天都得成為鑰匙的奴隸！」的結句，更是全篇獨拔的警策，餘味曲包，發人深省！

四、發抒感慨正見風格

發抒感慨，常是記敘文作結的方法。本文最後所發抒的感慨可分幾個層次：

> 我對於鑰匙的印象，早已不再存著孩童時期的浪漫嚮往了。經常不得不將一串沈甸甸的鑰匙隨身攜帶著，但我明白它所代表的不是光榮的權威，而是爾虞我詐的世間自欺欺人的一種護身符。

對鑰匙的負面評價，也可以是本文的歸結，但作者又轉入更深一層的感慨，不只否定其象徵意義，更否定其功能：

> 許多設計靈巧的鎖，其實並不能封叵測的陰險；而人人自防，心扉緊鎖，又有何種神

妙的鑰匙，能夠開啟彼此的心房，使心心相通呢？

從有形的鎖，再轉入無形的心鎖，是巧思聯想，也是總束文中有關人心設防、假想他人對我不利的敘述。再以「幾乎天天都得成為鑰匙的奴隸」的警句作結。用問句自可產生抑揚的變化，而且略帶希望的問話，也減輕那股無奈的憤懣！假使我來寫的話，可能直斥人們設計自以為靈巧的鎖，結果只是阻絕了君子，卻防不了小人；終究不能發明神妙的鑰匙，去開啟緊鎖的心扉。儘管如此，我們卻人人帶著一串鑰匙，不得不成為它的奴隸！這樣寫可能更酣暢淋漓，但已不是林教授的行文風格了。

情到深時轉成薄

——評張錦弘的〈哭夢〉

政大辦理道南文學獎已有十二年的歷史，其中現代散文組由完全開放式的徵文，漸轉化為現場命題的寫作比賽，然後再改為限定主題範圍的徵文，去年又恢復為完全開放的徵文方式。張錦弘的〈哭夢〉是去年道南文學獎現代散文組的首獎，由於沒有主題範圍的限制，作者有比較大的施展空間，所以成果也就較為豐碩。如今，以主辦兼評審者的立場，為這篇散文表示一些個人的意見。

我在評審時給予它的短評是：「平淡的敘述，透露了沈鬱的哀感。紛陳的素材，經過沈澱過濾，扣緊哭與夢，剪裁得宜，成為有真性情之佳構。」

〈哭夢〉是作者敘述喪母的心路歷程，寫他得悉噩耗到七七四十九天，從無哭無夢，到因夢而哭的蛻變與省思。文中沒有呼天搶地的嚎啕，沒有傾訴衷腸的幽夢，整個過程並沒有曲折離奇的波瀾，甚至沒有濃烈感情的字眼，看不到「子欲養而親不待」的哀悼陳詞，也沒有〈蓼莪〉的悲情泣訴，只見他娓娓道其經過，看似十分平淡，但沈鬱的哀感卻流露於字裡行間。

人們總是忽視他原已擁有的東西，常在失去它之後，才感受到它的珍貴，就像失去健康的人，才能真正了解健康的可貴。親情更常在遽失表達對象之後，才猛然感受那錐心之痛。尤其中國人在感情的表達上，總是比較內斂含蓄，加以現代的人又不時興晨昏定省的節儀，所以在長大不便撒嬌之後、經濟獨立之前，絕少有表達孺慕之情的管道，一旦失去怙恃，其茫然失措、慚愧自責、自疑不孝之情，充塞胸臆。〈哭夢〉所寫的就是這樣的一段感情。

這樣的一段感情，當然濃得化不開的，寫作時，卻能以平淡的敘述文字曲達其情，這是本文最成功之處。楊振聲讚美朱自清的散文「腴厚從平淡出來」，可見以平淡寫腴厚之情是相當不容易的。

本文不但敘述平淡，文辭也平淡無華，純就語言藝術的角度而言，或許我們會覺得它文詞不夠凝鍊，修辭不夠精美，有蕪蔓尚待芟刈，有字句尚待斟酌，但古人所謂至情無文，正由於心有鬱陶，無暇雕鏤，所以只要不是堆砌，些微的蔓枝與鬆散，卻更見感情的真實，有時缺點反而也成為優點了。

真實、坦白、不矯情、不造作、不炫奇，是本文的另一項值得稱道之處。美國文學家彼德森（Houston Peterson）說散文「是對自己的思想和感情作一番坦白的、好奇的探索而撰寫成文的」。〈哭夢〉沒有寫他的父母多麼偉大，更沒有表彰自己多麼孝順，句句真實坦白，甚而縷述「對自己感到陌生的自我否定」，這些令人好奇的自我探索，增加了文章的可讀性，也達到廚川白村所謂「作為自己告白的文學，表現不偽不飾的真我」的要求。

當然，這篇散文並不是只將事實平鋪直敘，未作藝術的經營。我們只要細心閱讀，便不難發現：它緊緊地扣住「哭」與「夢」兩個焦點，做了相當精密的剪裁與營造。起首，並不是從驚悉噩耗寫起，而是從「母親去世那晚，睡得很熟，沒有夢到她。可能是近來睡得最熟的一次」說起，從第二天起床再回敘到第一天，這是極具匠心的最佳安排。這樣的安排，不但緊扣題意，敘述平妥，段落的邏輯強，而且略帶詭異突兀，便具有引人細讀的效果。

這種詭異突兀的運用，全文隨處可見。如開棺見最後一面，作者竟然不看；又如終於夢見母親，竟然是在父親的喪禮上。它的可貴，在於它不僅營造了詭異突兀的效果，而且具有扣題並推演情節的妙用，這些結構之美，是可圈可點令人激賞的。

文章的前面提到一名新兵替作者看手相，說他父親會先母親而去，後面提到他夢見母親在父親的喪禮上痛哭，這是非常具有創意的寫法。它不但使無哭無夢，到夢裡夢後的痛哭，有了合理交代，也將母親去世的哀悼，滲透了父子之間看似疏淡實則深刻的感情發舒，是很有技巧的。廚川白村以為好的散文，是「將作者的思索體驗的世界，只暗示於細心的、注意深微的讀者們」。又說那是「裝著隨便塗鴉的模樣，其實卻是用了雕心刻骨的苦心的文章」。依廚川白村的標準，〈哭夢〉當可說是一篇好散文了。

作者在文章的前面提到他從小就有「孤兒意識，寧願自己孤單地活在世上就好，沒有親戚，不用別人為你擔心，你也不必擔心別人，就這麼一個人活著就好了」。這應是時下為人子女者，在承受太多關愛與期許時，常有的心理反應。但作者在作結時，竟說：「從此，我隨時準備做真正的孤兒，雖然我比以前更擔心爸，更常回家陪他。這不是因為怕他離開我，而是為了他也曾這樣擔心過我。只有這樣做，才會讓他在追隨媽而去之前，能活得更快樂。」雖刻意淡化，卻發人深省。彼德森以為好的散文，是「要有發人深省的力量，可是又不應該有道貌岸然的態度」。又說：「散文乃是為千千萬萬個『我』而寫的。」依彼德森標準，〈哭夢〉當是一篇值得推薦的好文章了。

〈國殤〉的變奏曲

——評葉怡君的〈同運的櫻花〉

一

我是一個人文學科的教師，關切的是社會上文學風氣的普及，與人文素養的提升，所以致力於文學作品的推廣工作。加以培養作家並不是我最主要的職責，所以我固然鼓吹文學創作，卻一直側重在引導業餘者的投入，而非與專業者相砥礪。

如果以倡導我國傳統戲劇來比擬，我所致力的，是劇作闡述的工作，固然這類工作也有可能提升職業演員的演出水準，但我主要的目標是觀眾，希望藉此以提高觀眾人口，並希望造就更多的票友，隨時粉墨登場，吸取經驗，以全面提升雅好戲劇的風氣與欣賞的水準。

從另一角度來看，文學的園地固然需要專業園丁的經營，卻更需要許多業餘者的投入，才能使這塊園地的花果更為繁盛壯碩，更多采多姿。

在文學的園地裡，由於散文可以抒感、可以敘事、可以議論，上天下地，幾乎無不可寫；沒有格律、不一定要有情節，可即興為之，所以它是業餘作家最可悠游的天地。從一個文學推廣者看來，散文顯然是眾多文學「票友」最可施展的空間，所以也就成為我最關注的文類。

基於以上的原因，所以我選用葉怡君的〈同運的櫻花〉，略抒所見。

葉怡君是政大中文系的學生，據她的自白，〈同運的櫻花〉是她現代文學創作的第一次的耕耘，是她參觀日本鹿兒島的特攻和平會館，「太震懾於那些正值燦爛，卻一朝零落的死士們」，由於他們赴死時，與她此時年紀相仿，於是暫捨國家之怨，以文遙奠彼方。

《楚辭・九歌》有一首〈國殤〉，禮讚為國死難的將士，這篇〈同運的櫻花〉卻是被侵略國的後代，參觀侵略國敢死隊紀念館後的遙奠。當然，它不會是禮讚為國捐軀者的謳歌，但也沒有對侵略者作義憤填膺的叱責。從某些層面來說，正如張曼娟所評：「不聲嘶力竭吶喊『反戰』的口號，卻以一種『同為人子』的心情，體會一種生命殞落的無奈與悲哀。」從另一方面來說，寫的是她探索那些死士心靈的心路歷程。

葉怡君雖是文學系的學生，但就現代文學創作來說，她不過是初試啼聲的「票友」，如今以她第一次耕耘的散文作品搬上檯面，一方面說明初試啼聲的「票友」，其作品也不無可觀；另方面也藉以說明：散文雖沒有內容與形式的限制，也沒有格律與情節的要求，但在沒有規格中自有其規律，它是一個空間寬廣而深度無限的藝術領域。

二

一個非專業的作家，旅遊應是他最可取資的素材，而處理的方式，更是千變萬化。同寫翡冷翠（Florence），我們只要將徐志摩的〈翡冷翠山居閒話〉和林文月的〈翡冷翠在下雨〉並讀，便不難體會這類題材的寫作空間。

〈同運的櫻花〉是寫旅遊日本最後一天，上午參觀日本鹿兒島的特攻和平會館，下午坐飛機返抵國門。

她沒有描敘會館的建築外觀，也沒有細述會館的內部布置，只說：「踏入館內，觸目所及之處均井然有序排列特攻隊員們的遺照，排山倒海而至，逼人一見驚心。光影有如塵灰一般，無聲地在空中灑落，然後沈澱在地板上，透進相片裡。」所寫出的卻是館內的氛圍與靈動的感覺。

她沒有介紹一〇二四人中的任何一個人，只說：「趨前而望，他們有的端肅謹嚴；有的秀逸神飛；有的猶帶稚氣；相同的是一股少年英氣風發，直透紙面。」所寫的卻是令人憐惜的各種神采與意氣。

此外，她提到館內的，也只是：「玻璃的觸感冷而硬，卻羅列戰士們出發前夕所書絕筆」，接著便想像這些書信：「曾經已老雙親、倚望嬌妻、懵懂稚兒和捨不下的世間人顫抖著手捧過讀過。」又由於：「周遭微有啜泣之聲，有些日本人悄悄以手巾拭淚」，感受「捨軀容易，捨情何易」，於是心中「釋去中日仇恨情結的牽絆，深深體會同在天涯，生而為人之悲慟——悲莫悲兮生別離」。

交錯時空，馳騁想像，是本篇行文的一大特色。寫所見的少，寫所感所想的多。看到照片，回憶「悲情城市」電影的一景；看到書信，想到「忠臣藏」歌舞伎劇的切腹、三島由紀夫在《我的遍歷時代》的話，推論到「日本民族之集體潛意識」。

寫在返臺班機上，見「窗外白雲無垠」，便「臆想特攻隊員在飛往沖繩的赴死之機上，心頭掠過的愛怨情仇，已成永訣，前塵往事，也只化為嘆息一聲」。就又想起藍博洲《幌馬車之歌》。

交錯時空的豐富聯想，將中文系學生的腹笥編織成一片錦繡，而還不至於露出太多的贅緒與縫痕，確用了不少的慧心與巧思。那些引述還能止其所當止，否則成為掉書袋，就得不償失了。

三

陳蒼多評本文說：「描寫神風特攻隊的正氣凜然，力透紙背，頗能把握異國情境的魅力。」姑且不論他們是不是被野心家所愚弄，當年神風特攻隊以飛蛾撲火的方式赴死，我們如今固然體會到無可抉擇下，一種生命殞落的無奈與悲哀，但當時他們也不乏基於忠誠愛國，以正氣凜然視死如歸的氣勢，去慷慨赴難的。作者藉日本歌劇和三島由紀夫的作品，去詮釋這悲壯行為背後的驅動力，那死亡的虛榮、求死的本能，所謂集體的潛意識，都寫得鞭辟入裡，這也正是本文能將神風特攻隊表現得力透紙背的原因。

寫情與議論析理原本不易相融得宜，而本文卻能做到相輔相成，這該是本文最成功之處。此外，在文章的結尾，寫飛機「衝破濃濃雲層，熟悉的阡陌、山川、土隴映入眼簾，當我踏上家園的土地，種種的疑惑、矛盾、掙扎，都在這一刻，得到最完滿的解答」。雖然在用詞上還有待斟酌的地方，但在結構上卻非常精巧。不但與文章一開始，寫異國的美麗風光，卻說「這種種氣息如此熟稔，像故鄉南國的和風」首尾圓合，也突顯主題，並為「對鄉國的摯愛及年少豪情，無分天涯，代復一代」作有力的註腳。

四

或許有人會認為：作者只因為「周遭微有啜泣之聲，有些日本人悄悄以手巾拭淚」，感受到「捨軀容易，捨情何易」，便「釋去中日仇恨情結的牽絆，深深體會同在天涯，生而為人之悲慟——悲莫悲兮生別離」，不免太「婦人之仁」了；見館內照片：「他們有的端肅謹嚴；有的秀逸神飛；有的猶帶稚氣；相同的是一股少年英氣風發，直透紙面。」便付出憐惜與同情，而忘了侵略者的血腥暴行，忘了同胞所遭受的蹂躪與苦難，也未免太健忘了。那是生於昇平時代的「新人類」，忘記歷史教訓的濫情！

如果您真也這樣認為，那就誤解作者了，那是您忽略作者所說：「旅途中，一直有股莫名思緒纏繞著我，在紀念館內踟躕良久，若有所悟，幾度欲得，它又像一尾滑溜的魚，游回渾沌」所指的是甚麼？也不知結束處：「種種的疑惑、矛盾、掙扎，都在這一刻，得到最完滿的解答」所謂為何。

家國仇恨情結，是不是可以藉「民胞物與」予以超越？侵略者的罪行，是不是可以藉「不忍人之心」予以包容？這是作者在文中一再浮現的疑惑、矛盾、掙扎，在重踏家園的土地時，終於深深體會「對鄉國的摯愛及年少豪情，無分天涯，代復一代」，於是種種的疑惑、矛盾、掙扎，得到最完滿的解答。

跖犬吠堯，各為其主；更何況年少豪情以及對鄉國的摯愛，原本是人的真性情，是無罪的。這是作者暫捨家國之怨，為文遙奠彼方的原因，也是全文精神之所在。因此，說它是〈國殤〉的變奏曲，或許還不至於太離譜吧！

當然，年輕人總不免文筆不夠凝鍊，技巧不夠圓熟，如說神風特攻隊隊員，「正是最絢爛的年華，卻一夕折翼」，用「折翼」一詞是否得當，或許還有斟酌的餘地。此詞出自《漢書・息躬夫傳》，是息躬夫的〈絕命辭〉，所謂「發忠忘身，自繞罔兮；冤頸折翼，庸得往兮！」其所謂發忠忘身，情或相似，但奸佞作繭自縛的哀鳴與特攻隊瞬間自殺式的悲壯，則不可同日而語。雖然詞語的運用，未必不可擺落原典的價值判斷，但它終究容易引起比飛折翼的聯想，所以還是改之為宜。

再者，作者雖然已力求含蓄，但仍有些地方說之太露，如倒數第二段的最後一句：「青年們都將為了理念而奉獻吧！」不論從文章含蓄的要求或行文的氣勢來說，刪去都是有益無害的。

儘管如此，這些都是大醇小疵，對〈同運的櫻花〉來說，是瑕不掩瑜的。

五

我國自古以來，即有不少的讀書人，並未企圖以文章傳揚於後世，卻因偶有感觸，發抒筆端，竟完成不朽的散文名篇，如范仲淹〈岳陽樓記〉便是。那是他們以其深厚的文學造詣與人文素養所以致之。

葉怡君只是中文系的學生，她的文學根柢自然不能跟范仲淹相提並論，〈同運的櫻花〉當然沒有〈岳陽樓記〉的詞采與豪情。但她因確有所感，而本身具有文學素養，乃善用其腹笥，發揮其想像，展現其才情。在文學創作的園地上第一次的耕耘，即有此收穫，實在令人驚喜。

由此可見散文佳作，對一個有人文素養的人來說，是常可妙手偶成。散文也的確是業餘的作家，最可以嘗試耕耘的園地。

卷四

犢耕拾穗

更上一層樓的惆悵

我生長在農家，假使我不讀書，該是個目不識丁的莊稼漢。但很不幸，到父親這一代，已經讀了書而且教了書。我有愉快的童年，但是「誤落塵網」，雖然還沒有像陶淵明一去就三十年，可是已經有「羈鳥戀舊林，池魚思故淵」的感慨了；固然「迷途其未遠」，但要「復得返自然」可沒有那麼容易！誰說「知來者之可追」呢？

本來我的身體在同事同學之中，是可以自豪的。雖然從小就被功課壓得透不過氣，但如今在夙興夜寐日夜兩忙的情況下，偶而的小病固然不能免，大病倒不曾有。其實只保了平安，談不上健壯。假使我在操場跑上兩圈，雖然不太落後，但也上氣不接下氣；要是拿鋤頭勞動一小時，就夠我累上半天了。倘若我壓根兒不讀書，一定從小就習慣於田園的操作，身體一定健壯得像一隻小牛，結實得像個小泰山，不怕雨淋日炙，不怕風吹雨打。可以肩負重擔，在崎嶇的山路上上下下，不覺苦，不覺累，更不知道什麼是傷風感冒？那裡會頭昏眼花？白米飯一吃就四大碗，那曉得什麼食慾不振？每天一睡到天明，根本不曉得什麼叫失眠！

假使我是個莊稼漢，雖然只是茅屋數椽，園圃數方，但栽花蒔竹，自有一番樂趣，每天日出而作日入而息，眼看自己耕耘的禾苗日益茁壯，手植的作物果實累累，我的心胸是多麼舒暢！我的精神是多麼愉快，除了風調雨順我沒有什麼慾望，除了年年豐收我沒有什麼幻想！我不知道什麼是鑽營求進？什麼是宦海浮沈？除了三餐果腹，我不求其他的享受！除了子孫滿堂，我沒有什麼企求！吃的雖然是青菜淡飯，但我覺得津津有味；喝的是粗茶烈酒，但我能開懷暢飲；住的是竹籬茅舍，但我感到舒適無比；雖然只是安步當車，但陶醉在落日餘暉，沐浴在朝曦晨光，沿途橙黃的稻浪起伏，萬物欣欣向榮，卻也別具風味。只惜我一帆風順的師範畢業，像賭勝了的賭徒，欲罷不能；像得染指了大陸的日本，愈陷愈深！教了三年書，進了大學，我有了更大的理想，更大的抱負，也帶來了更多的慾望！更多的痛苦。追求那如夢如幻的遠景，而旅程上荊棘密佈備嘗艱辛，如今我到底得到了些什麼？我感到茫然！感到惆悵！

假使我根本不讀書，我早該結婚，而且該有幾個兒女了。我相信我終身的伴侶，一定是個健美而儉樸的鄉下姑娘，我們應當享受過了一段柔情綣繾乳水交融的齊眉之樂，她會幫我獲得更大的幸福，更多的溫暖！每天同出同入，雙宿雙飛，把所有的民謠情歌，一遍又一遍相互唱和著。工作累了，並坐在樹蔭底下軟語溫存、調侃歡笑。當夕陽西下，天邊抹上絢麗的晚霞，我們輕鬆的荷鋤而歸，大毛跑出來抱住我的腿，小妞兒拽她的裙；她親著孩子們的臉，我撫著孩子們的頭。當月白風清的時候，都聚集在庭園裡，父親為大毛講民間神話，母親幫著小妞兒數著天上的星星；她熟練地編織著毛衣，我教著小毛牙牙學語。晚風送爽，桂花飄香，偶而拉著胡琴唱幾支小調，此情此景，如今我如何能得？現在我知識是增加了，所追求的目標要堂皇些，所懷的抱負要遠大些，所負的任務要艱巨些，但那只是虛有其表的空架子，在感情方面還是一片空白，空虛落寞，直覺幸福已遠我而去，空遺失落的夢痕！

升官發財是一般舊社會所企望的目標；提高生活水準是現實社會所追求的趨勢。如今家既無一壠之植，無一瓦之覆，又沒有半張股票，半兩黃金。只是家有幾個讀大學的虛渺聲譽。父親年逾六十，白髮皤皤，還僕僕風塵為生活而奔波，卸不下生活的重擔！母親也年老力衰，還脫不掉繁雜的家務，不時頭昏眼花，卻得不到片刻的休息，腰酸背痛也買不起滋補的藥材。倘使我是個莊稼漢，就憑我目前克勤克儉的幹勁兒，我相信我已經有了田產，有了農莊，田裡有的是桑麻稻麥，園裡有的是瓜果蔬韭，吃也有、穿也有，我可以輕鬆的接下這根棒子，挑起這擔擔子，讓雙親享享清福，抱抱孫兒，到處玩玩，盡我當兒子的一點孝心。如今心有餘力不足，空負膚髮之恩，枉浴三春之暉，將何以言報？將何以盡孝？

假使我是個農人，我生活在敦厚純樸的鄉村。有那濃厚的情味，村人合作無間憂樂相共，平日的生活安寧溫馨。每逢佳節吃喝喧鬧，情趣盎然；親友聚處，敘情道故；神契知己，千杯買醉。那有什麼勾心鬥角笑裡藏刀?那有什麼人事背景銀彈攻勢?我們只知道肝膽相照赤誠待人,那知道陽奉陰違挑撥離間?現在見聞廣博了些,眼看著一些官吏窳敗,紅包回扣非錢莫使,盡是些滑頭油身口是心非,暴戾之徒橫行霸道;無恥之輩扶搖直上,黑暗罪惡觸目驚心!看得開闊了便看到黑暗的一面,那我寧可看得偏窄些;見得深遠了便見到罪惡的深淵,那我寧可看得短近些;我寧可做一隻沈緬在井底的蛙兒,不知世界之大萬物之奇,過著寧靜安謐歡愉的日子,不知陰險奸詐為何物!不知強權欺凌是何用!

假使我根本不讀書,沒有一點見識,那曉得癌症,敗血症……一些可怖的絕疾,哪要時時提心,處處考究?倒樂得適性享樂。我會相信妖魔鬼怪,我會虔誠的敬奉那法力無邊主宰萬物的神,平常不做虧心事,三支清香便可慰我心靈,我將深信神會保佑我的平安。不知道核子彈的威脅,不知道α和β射線的可怕;不知國際風雲的險惡,不知戰事會給人帶來多少生命財產的損失。不要笑我燕雀苟安,不要笑我「魚游於沸鼎之中,燕巢於飛幕之上」而不自知。人生本如朝露,來日無多,與其為不可避免的劫運憂心忡忡,莫如以有生之年,過一段悠閒歡樂的日子。如今我感受原子塵的威脅,知道戰爭的殘酷,更明白自己是站在危機四伏的戰爭邊緣。對世界僵局無力挽救,對戰亂無法逃避;與其驚悸不安,不如帶著初生之犢的傻氣,倒可無憂無慮逍遙自在,豈不是可以過得挺愜意的?

假如我是個莊稼漢，我當然不懂亞里士多德和培根的邏輯理論，但有我思維的方法；不懂康德和杜威的哲學，但我有一套人生價值的看法。對蓋世之名、傾國之權、至高之位是無可求也無所求。其實名利都是身外之物，名與利孰親？身與貨孰多？難得之貨令人行妨，又何必斤斤於此？自足於內，心神安泰，欣然自得。我將不會有鏡花水月四大皆空的感慨，也沒有世態炎涼歷盡滄桑的歎息！晚年將有兒女成群孫兒繞膝的安娛。當彌留之際，只要子孫環泣，哭聲震耳，我便會覺得不虛此生死可瞑目了，知足不辱，知止不殆，我該得的、能得的，都得到了，性命又何必久長？這時我還有什麼可抱憾的呢？

如今失去的無法復得，得到的無法捨棄。最大的幸福已是雪泥鴻爪，僅可憑弔如何喚得？陷泥沼已深，誤歧途已遠，早已無藥可治無人可救！前程是茫茫的歧路，後面是無底的斷崖，除了前進，已無可抉擇。如今只望有知我的伙伴，與我同往泥沼的深處，尋覓立足的土石；與我同赴歧路的盡頭，創造一些足以告慰的事業。

情 愫

「初次戀愛如喝茶，雅淡而帶崇高；再次談情如喝酒，刺激而有醉意。」這可能嗎？如今我倒懷疑起來。

一

今天又接到堂兄寄自美國的來鴻，這次所寫的內容，和前兩次迥然不同，不再寫他的近況，連類似汽車很少按喇叭等令他感慨的見聞，也隻字不提。一開頭就說：

「今天我遇到大學同班的同學，他無意中提到：玲蘭已經結婚了，而且生了一個孩子，我突然恍悟：我依然莫名其妙的想念著她，到昨天為止，我還希望她還沒結婚。雖然我否認過，但現在我不能不承認：你的判斷是對的。連我也不知其所以然……」

難得他會突然醒悟，而且對這發展不正常的情愫加以承認。

在他出國的前一個月，他突然對我說：「我訂婚的事情只好擱淺下來了。」

「為什麼？」我莫名其妙的問。據我所知：伯父已經為他準備好訂婚的東西，而對方又是大學二年級的學生，出身名門，而且秀外慧中，純樸嫻靜，又有什麼可疵議的？

「我馬上就要出國了，而歸期不定，早則兩年，慢則五六年，唯恐耽誤了她。」維成堂兄歎息的說。

「這不成理由，一旦訂婚就如同夫妻，還談什麼耽誤不耽誤呢？是誰反對訂婚的？」

「是我自己。」

「是你？那不是你的理由！是你嫌棄她？」我逼著問。

「我怎能嫌棄她？像林湘萍這樣的女孩子，在客觀條件上實在太完美了，我還有什麼可挑剔的？」

「那就是你主觀條件囉？難道你不愛她？」

「可以這麼說，但我說不出所以然。」

「那是你們倆只憑媒妁之言，彼此之間沒有建立感情的緣故。那你們不妨先做朋友，後來才來個時髦的電話訂婚也不錯嘛！」我嚴肅中帶一點玩笑。

「我並沒有這樣打算！我不喜歡濫用我的感情。」維成倒蠻正經的。

「笑話！訂婚再建立感情已不合意，而先交朋友又濫用感情，這不是矛盾嗎？你硬不要她就是了，到底你的主觀條件是怎麼樣的？」

「不知道，我自己也不知道。」

「我猜你另外有了意中人了。」我笑著說。

「沒有，我目前並沒有。」他卻很正經。

「目前沒有？未來的不說，過去是有了？一個人可能對財富吝嗇；也可能隱藏著才能與名譽，但他常是慷慨地施與愛情的。愛不能留在家裡，不能留它為己用。像光線永遠運行，人一定要花用它，付出它。」我搬出馬克勞德的理論來，他終於承認了，而且把它說出來。

二

我承認以前有過意中人，我曾經愛慕過她，但是它不算是戀愛，因為我除了私心的愛慕之外，沒有任何的表示。因為我覺得最深的愛，應該是內心的默契，倘使很明白的向對方表示，那是愛得很少。

在大二的時候，我兼了一份家教，後來有位朋友要我代他找一個女性的家庭教師，我認識的女性極為有限，除了同班，要到哪裡去找呢？

在同班有一位叫陳玲蘭的女孩子，長得嬌小玲瓏，滿討人喜歡的，她和我一樣來自中部，而且還可以攀上校友的關係，於是我找她，她答應了。

過後，她曾經寫信向我道謝，我也很快的回了信，本來我們班上男女同學都處得相當熟，而她對我卻格外的羞怯，為了家教的事，我曾為兩方折衝，但她很少當面向我說，總是透著書信的方式，她說在眾目睽睽之下不便講話。

我覺得感情的產生，就像春天的來臨，那日子不是可由日曆看出來的。它可能緩慢而逐漸，也可能迅速而突然。不過在早晨，當我們醒來而發覺世界的轉變，由樹梢的嫩芽，花圃的蓓蕾，陽光的溫暖，空際的樂音，於是我們說春天已經來臨。

也不知道從什麼時候開始，我發覺我逐漸地喜歡玲蘭。感情真是一個奇妙的東西，正如惠特曼所說的：「我從不能解釋為什麼我愛上某一個人或某一種東西。」它和智慧、經驗或邏輯無關，而是青春的薰風使人陶醉。

在班上的女孩子，論學業她不是最好，論相貌也不是最美，論才華也不是很突出，但我偏偏暗慕著她。

我一直認為：愛情好像織絨線衫，欲速則不達，必須一絲一縷的織，而還要絲絲入扣。所以我並不心急，我仍致力於功課，也希望由我優越的成績，來博取她的好感。另方面，我的表現，依然冷酷得像一座冰山，但又有誰知道；在這冰山的裡面卻是一團熾烈的火球，它隨時可以將整座冰山融化，成為點綴天邊的紅雲。同時我認為一個女孩子，對頻頻製造理由向她道歉的傢伙，應當戒備；而對於絕不肯低頭認錯的硬漢，應當關心。我雖然無意充硬漢，但我有極強烈的自尊心，我不會向人屈身諂媚，更不會隨便說一些甜言蜜語，於是這一份感情，被我深鎖在心底，我相信她一定能領略的，她對我那一副嬌羞的樣子，不就是她已經感受的證明嗎？

愛情是膽大心細臉皮厚的一種戰爭；戰爭則是膽大心黑手段辣的一種行為。我膽小而自尊心強，當然無法贏得這種戰爭。我連戰爭的準備都沒有，那談得上戰爭的行為？我的想法完全錯了，她並沒有感受我的心意，她終於投入另一個男人的懷抱。

有一天晚上，我和一個同學在街道上走著，在昏暗的路燈底下，我忽然看見玲蘭迎面而來，身旁有一位西裝畢挺的男孩子，看那樣子也是學生，而玲蘭翻起大衣的領子，雙手拉著領角，低著頭和他並肩地走了過去。過後我很失望，很懊悔，我沒有啜飲初戀的甜汁，卻生吞了失戀的苦果，但我不曾向她表示過什麼，她怎會了解我的感情？我又怎麼能夠責怪她呢？愛情是和藹可親的暴君，他令人甘心忍受他的折磨。幸虧沒有人知道，我只是暗地裡悲歎，也沒有人能分擔這個苦悶。

我只能尊重別人的感情，我那忍心插足其間造成無謂的困擾？以後事情的發展十分正常，我沒有向她表示過什麼，而他倆也逐漸形影不離了，我沒調查那個男子是讀那一系，更不知道他的名字……

三

維成說到這裡，聲音逐漸變低而細微，我忍不住插嘴問他：「湘萍哪一方面不如玲蘭？」

「從各方面來比較，湘萍都要勝過她。」他想了一下說。

「所有的絲最長最韌是藕絲，最有力的是情絲，它竟破壞了這美滿的良緣。」

「我不承認這一點，我處理這件事是相當理智的，我已經沒有情絲的牽掛。」他倒說得乾淨俐落。

「你依然希望她忽然領悟了你的純情，而投入你的懷抱。」我毫不客氣的反駁。

「你不要把我看成那麼卑鄙，我不願奪人所愛，我不願把自己的快樂建築在別人的痛苦上。」他說得有點激動。

「那是你的理智，你的感情並不是這樣。這怎麼算卑鄙？人人都有愛一個人的權利，只要不是心毒手辣的去爭奪去佔有，有什麼不道德？」

我們越扯越遠了，他始終不肯承認他仍愛著玲蘭。他說他不應該再思念她。

「該不該是一回事，事實又是另一回事，你的理智把感情抑制下去，但沒有消滅，而自己卻不知道，就是這樣才糟呢！你的感情透支太多了，目前你無法再付出來。」我要他能夠很清楚的了解這份感情的存在，而趕緊使用慧劍斬情絲。

他拒絕分析自己，而對我的看法是一連串的否認。直到從碼頭上船，依然這樣堅持著。難得他現在突然了解了自己。

四

信上他接著說：「我相信我能找回付出的感情，我還希望你『初次戀愛如喝茶，雅淡而帶崇高；再次談情如喝酒，刺激而有醉意』的話是真的，而且讓我親身去證驗它……」

是的，我是這樣的安慰過他，但是這理論合不合實際呢？如今我卻迷惘了。

雁分萍散

一個初冬的黃昏，在三軍軍官俱樂部門前，停了好幾部豪華的轎車。計程車和三輪車川流不息的穿插交織著，俱樂部門旁，立著「蔡、詹府喜事」的牌子。一進門的地方，雖然設有兩個受禮的檯子，但依然忙得不可開交，兩塊簽名的綢布，塗滿了龍飛鳳舞的墨跡。

雖然，超過觀禮的時間已經一刻鐘了，但裡面還是亂哄哄的。鮮紅的喜幛，使禮堂充滿了喜氣。大概是多得沒有地方掛了，所以兩邊的喜幛，每一幅都掛了四五條名簽。熙熙攘攘的賀客，大都在寒暄敘舊，很少人去看它。這時有一個三十多歲的中年紳士，卻一幅又一幅安閒地觀賞著，他或許認為在這裡是不會遇到熟人的。

他快移步到禮堂右壁的盡頭，被一幅用篆體寫的「奇葩並蒂」四個金字吸住了。

在禮堂的右後角，坐著一位中年婦人，身邊還坐了一個六七歲的小女孩。雖然這小孩口裡已經含了兩顆糖果了，但這位婦人還低著頭慢慢地為小女孩剝一枚牛奶糖。她心臟的跳動，顯然與她悠閒的動作成強烈的對比。她用眼角的餘光，注意著正向她走近的紳士。現在只差一張桌子，他就將走近她的身邊……

婚禮開始了，他根本不瞧瞧身邊已就坐的賀客，就在一張椅子上坐了下來。這一個動作，使她正視著他，而心跳得更厲害了：「是他！一定是他！」

他比以前胖了些，因為戴了一副眼鏡使她不能馬上很肯定辨認他。面部的神情和舉止風度，仍流露著矜持與孤寞。忽然那小女孩拉著她說：「媽！詹阿姨出來了，好漂亮！」這聲音吸引了他的注意。她漲紅了臉，把手搭在她女兒的肩上，臉上露出僵硬的微笑。她仍藉著餘光注意著他，並等待他的反應，但不久，她發覺他的眼神卻又凝住在「奇葩並蒂」的金字上。

「他難道已經不認得我了嗎？」她望著他，怔怔地想著：「十二年了！十二年已足夠使一個女人變得讓人認不出來了。」正當她警覺到四眼即將相接的剎那，他的視線卻迅速地避開了。

「他還是那麼羞怯！」她暗自好笑。可是當她發現：他也正用餘光注意她時，她也警覺的把眼光避開，投向正在演說的介紹人。「我還不是也那麼羞澀！」她在內心笑了。

開筵了，她這一桌或許是比較偏僻的緣故，竟冷冷落落的只坐四個人。穿白衣的侍者，禮貌地請他們坐到尚有空位的鄰桌。這使他和她都緊張了一陣，她佯為女兒整理衣領，低著頭走過來；他裝做驚訝地輕叫著：「咦！葉蓉麗！是妳！」

她抬頭笑了：「我以為你已經認不得我了。」向著小女孩：「來！雍玲！洪叔叔。」

「洪叔叔！您好！」雍玲很可愛的叫了聲，並鞠了躬。

「好乖！好可愛！」他笑著撫著雍玲的頭：「幾歲啦？」

「六歲！」雍玲說著把右手手指張開，左手伸出小拇指。

她就在他的鄰座坐了下來。

「林先生好吧！怎麼不一道兒來？」他問。

「他忙得很，今天出差去了。」

「現在在什麼單位？」

「××廳。」

「哦！他幾時改學農科了？」

「哪裡！現在的社會可不是學什麼就幹什麼的，他只不過在裡面當個小課長罷了！」她笑著說。

「那也不簡單了。妳呢？」

「在兩所中學教書！」

「兩所？其實在一個中學教書，再理家也夠忙了，又何必兼課？」

她笑笑，吃了一口菜，同桌的賓客大多數是一對一對的夫婦，各談各的事。他們也不再緊張了。她笑著問。

「談談你吧！在什麼機關？」她笑著問。

「還不是在學校教書！」

「升教授了吧？」

「還沒有！」

沈默了半刻，他說：「同學們畢業一分離，就難得再見面了，如今大家都成家立業，都變了！」

「可不是？我還沒瞻仰嫂夫人的風采呢！今天怎麼不一道來？」

「蔡先生是我弟弟的同學，今天我是代弟弟來的，怎好意思一起來？」

又是一陣沈默。

「你對這幅喜幛怎麼那麼有興趣，一直看著它？」她看看牆上說。

「妳看見了？」

「是回憶以前你寫的『奇葩並蒂』的小說。」她緊跟著問。

「你怎麼還記得？」

「怎麼不記得？」她又說：「你不會否認：那篇小說是當時對你自己未來的生活加以想像而刻畫的吧？」

「小說雖然是編造的，但總免不了把自己的思想和情感流洩進去！」

「那麼嫂夫人該是陳芸娘的化身了？」那《浮生六記》的陳芸娘，多少人說她是中國最可愛的女人！

「現實和理想總是有一段距離，她是個平凡的女人！」他搖搖頭。

「其實平凡的女人才容易滿足，也才能增進丈夫的幸福！」

「從某些觀點來看當然是如此！何況她善良而能幹，只是庸俗了些！」

「你是說她不能和你同燈共讀，談文論詩，研究小說的人物、情節、技巧，而陶醉在一種昇華的、藝術的一種精神生活的境界？」她靈活的眸子在溜動著，好似她就沈醉在那種境界。

「那正是我的理想！」

「其實一個人不可能是十全十美的！」她的聲音突然低沈了下來。心想：「這何嘗不也是我的理想？」

「那當然！」他停了一會兒又說：「只是我心目中有一個人的影子，我付出過我的感情，但我喪失了機會，也可說我當時沒有及早表白的勇氣，如今我總要拿她去比那個影子，自然要相形見絀了！」他有點激動，但聲音是低沈的。

她默然了，低著頭，細嚼著口裡的食物，待吞下後才仰起頭：「這影子你可指的是汪芝萱？」

「妳怎麼會猜她？」他不免有點失望。

「因為你寫小說影射過她！」

「影射她？要是使人人都看懂了，就不成為影射了！」

新郎新娘來敬酒，在祝賀、道謝、寒暄之後，他和她都乾了一杯。

「難道妳真不明白？」他逼著問。

「後來我是知道了！」經過一陣猶豫與掙扎，她總算付出了相當的勇氣，看看周圍的人都各人說各人的話，她才放心了，但這種場合畢竟不應該失態的，於是岔開話題：「我們談別的好不好？」

「近來一定作了不少的詩，填了不少的詞？」他感到歉然，責怪自己太放肆。這種勇氣應該在當年有，現在還談什麼？只好另找了話題。

「早就沒有那種雅興了！」這時激動的卻是她：「不瞞你說，今年雍玲上幼稚園，我在家閒著無聊，所以才答應兼課的差事。」

「無聊？妳不也頂羨慕沈復和陳芸的悠閒生活？」

「但他才沒有沈三白那麼風雅！」

「其實不風雅的事業型男人，更能使妻子的生活和愛情得到保障。」

「是的，但是這話太籠統，意義太含糊了。」

「妳是指那一方面？」

「有人認為物質生活便是生活的全部，又有人以為企業家對機器般的保護便是愛情。」

她頓了一下又說：「沒有夢想的女人便以此為滿足。自然，這種家庭生活也算幸福了。」

「企業家視機器如生命，難道還不夠關切？」

「企業家對機器的關愛是以實利為出發點，他可以擁有許多機器，同時對機器保養的工作，可以讓給他雇來的工程師。」

「妳是說把妻子視同生育兒女的工具，自己忙著自己的事業，而請了許多傭人來服侍她？」他笑著說。

「嗯！這還算是上等的，有的把家看成夜晚憩息之所，具有一種莫名其妙的優越感，對妻子的愛是出於一種憐憫的施捨！」她滔滔地說著。

「想不到還有那麼複雜的關係！林同賢是不會如此的！」他調皮的說。

「洪叔叔，你怎麼知道我爸爸？」雍玲好奇地問。

「哼！他……」她著實的瞪了雍玲一眼，話卻戛然停止，就像開足馬力的汽車突然煞住了，心想：「我何必在此時此地出這口怨氣？啐！他才不配是事業型的男人，胸無大志，只是迎逢廝混，自命達練，涉足於聲色之所，而深夜不歸；周旋於官商之間，而沾沾自喜，對我……甭提了！」

「他對妳那麼體貼，那麼殷勤……」

「婚前是一個樣子，婚後又是一個樣子！」

「是嗎？想不到！」

「你該說早就料定了。」她說。

「我或許該這麼說。」他笑笑，同桌的賀客喝過甜湯，都紛紛地走了。再來了一道魚，但這一桌就剩他們三個人了。

「應了『理想的情人未必是理想的終身伴侶』這句話！」

「這是指女人說的。」他對她的坦率感到驚異。

「對男人還不是一樣的適當？風流倜儻，會玩會討女孩子歡心的男孩子，是理想的情人，但未必是理想的丈夫，只因女人在年輕的時候，容易被殷勤所軟化，被矯飾所蒙蔽，因服貼而沈醉！」她激動地說下去：「因此，美味的食品被趕之不去、去之又來的蒼蠅所叮食所糟蹋……有骨氣有自尊的男孩子活該倒楣，這便是成功的男人在年輕的時候，其所以往往得不到女孩子垂青的原因，也是姣好善良的女子之所以常薄命的道理。」

他聽得入神，也想得入神，口角掛著微笑，愣愣地凝望著她，她回頭問雍玲：「還吃不吃？」雍玲搖搖頭。

「我們該走了吧？」她看看漸漸稀落的客人說。

他沒有回答，兀自站起來，癡癡若有所思的走了出來。直到門口，雙方主婚人和新婚夫婦分別和他們握手時，他才清醒了過來。

「我去叫一部計程車。」他匆忙地要向前走去。

「我們走一走不更好麼？」她說。

「只要妳願意就行了！」他又轉向雍玲：「雍玲！我買一件東西送給妳，妳喜歡什麼？」

雍玲卻望著她不敢說。

「別把孩子約束得太厲害了！」

「妳說吧！」她笑著向雍玲說。

「我蠟筆快要用完了，我要蠟筆。」雍玲說。

「好！等一下到文具店，我馬上買給妳！」

雍玲高興得蹦蹦跳跳的。

「那太抱歉了，今天讓你破費又聽我一大堆謬論！」

「哪裡！我今天太高興了，同時內心有一種說不出的感覺！我覺得我們大學四年實在沒講幾句話，合起來可能沒有今天講得多！」

「那時你太冷寞、太羞怯、太孤傲了，簡直是給人一種高深莫測的感覺！」

「其實外表冷寞的人，可能是最熱情的人。」

「難道最孤傲的人，也可能是最謙遜的人？」她笑著問。

「也有可能，不過孤傲是比較複雜的，有兩種類型，一種是自視太高，而蔑視別人；一種是有自卑感，而以孤傲來抗拒！」

「難道你以前有自卑感？」

「是有一點。貌不出眾，語不驚人，沒有優越的家庭背景，也沒有一項超人的才華！我看過多少年少成功的人，而自歎弗如！」

「其實你哪一方面比人差？你怎麼專拿成功的特例來比呢？人比人，氣死人！何必自討苦吃？」

「……」

到了一家文具店，他替雍玲買了一盒三十二色的粉蠟筆。雍玲怯生生的不敢拿。「對洪叔叔不必怕羞！」他又轉向她說：「妳說我以前太羞怯了？」

「可不是？」

「是的！」他說：「對你更是如此，因為妳那時候像眾星拱月般的被蜂擁著，成為許多人追求的風頭人物，多少男孩子向妳低三下四，曲意承歡，而我自估無此能耐。不過我畢竟鼓起勇氣，寫信給妳！在假期妳還記得吧？」

「那也算嗎？那是有正經事要討論的呀！」

「妳不會覺得是我找藉口的嗎？」

「我沒有那個感覺！」

「妳可知道我為了第一封信考慮了幾天？我不敢露骨的表達我的心意，當時我總覺得應該含蓄些，只要能心照不宣就得了，要不然失敗了，就難保持最基本的同窗之誼了！」

「你會憤恨？」

「不！我哪敢勉強？倒是怕妳認為我討厭而憎恨！」

「你認為我會那樣？我不是回信了嗎？」

「我不知道妳會怎麼想！但到第三封妳就沒有回信了，我也就不敢再寫，當時我有十幾天一直心神不寧，每天癡望著那挺直的馬路，觀望來來往往的行人，直盼綠衣使者的蒞臨，偶而翩然來訪，給我一陣驚喜，但留給我的是更大的痛苦，在苦悶與失望深淵難以自拔……直到第二學期註冊時，妳還笑容可掬的跟我打招呼，這才使我得到寬慰！」

接著，是一段沈思與緘默！他們沈醉在回憶裡，往事如煙，心中多少感慨，不知如何說起。

他們已走到重慶南路和衡陽路的十字路口。

「我們到田園音樂咖啡廳坐坐吧！」

「不！我該回去了！我不想進去！」她突然理智起來。

「那麼我買一些水果我們到新公園坐一會兒？」

「雍玲有早睡的習慣，她馬上會睏的！」

「媽！我不睏，我今天睡午覺了！我們去嘛！」

「妳明天還要上學，應該早一點睡！」她一邊叫了一部計程車，一邊對雍玲說。

車子停了下來，她和雍玲坐了進去，眼神充滿惆悵和迷惘，他掏出名片說：「這是我的住址，歡迎妳來玩！妳能不能把住址告訴我？」

她接了名片，想了一下，說：「我會去看你們的！你現在不馬上回去嗎？」

「我還是要到新公園坐坐！」

她眼眶突然濕潤起來，嘴唇動了一下，像是要說話的樣子，但突然低下頭，同時把下唇咬住了，像是盡力的改變她自己，好久她才說：

「我求你：別把我當做小說的材料去寫它！」

「我即使寫了，除了妳也沒有別人知道，那又有什麼關係？」

「我也知道」雍玲搶著說。

「妳知道什麼？」他笑著問。

「知道您是洪叔叔啊！」

汽車開走了，他口角仍留下雍玲所逗出的微笑，但笑得有點淒冷，兩眼發愣的癡望著十字路口閃爍的紅綠燈，木雞似的呆立好久，才緩緩地踱入新公園。

她在車中思潮起伏：「我想我這樣做是對的，這已是無可挽回的事實，再下去只是徒增雙方的痛苦，那又何必？」她感到萬分的頹喪，這是她從沒有過的，突然她升起一股慾念——急想再見到他，再傾訴我心底的懊惱，再享取共處的時光，即使是片刻。人生多麼短促，何必自套枷鎖？何必自陷桎梏……「停車！」她突然叫起來。接著是尖銳的煞車聲，司機驚異地回頭。

「回到新公園吧！」她緊張地說。

不久，計程車在衡陽路口的公園門邊停了下來，她並沒下車，她看見他正坐在離門口很近很顯見的一張石椅上，兩臂舒展的放在椅背，仰望著晴空，像一座雕像，動也不動，她眼淚禁不住掉了下來。

司機看她仍然端坐著，趕緊下來為她開門。

她沒理會，心想：我現在是這麼激動，一下去將何以自持？我已經錯了一次，豈能再錯？我豈能讓他為我毀去他已得的聲譽與地位？不！我不能！

「小姐！已經到新公園了！」司機提醒她，雍玲屏息靜氣無限困惑似的望著她。

「我不下去了！」

司機搖搖頭，心想：莫非是神經病了？

於是汽車又開動了，她回頭望著已消逝的新公園，行人、樓房、霓虹燈，一個又一個往後輕拋，在眼前幌過的東西，都漸漸模糊，過了中興大橋，繁華的臺北已漸遠去！豈不正像那：

流失的年華！

遠去的愛情！

……

沈三白、陳芸娘！

羞怯、孤傲而熱情的男人！

庸俗、隨和而擅於表演的漢子！

善良、能幹而不懂風雅的女人！

……

多少面龐，多少往事，在她腦海裡乍沈乍浮，忽隱忽現……

她把手中的名片，捏皺了扔到車外，眼淚早已像落串的珍珠，自言自語的：「我不能去看他，我們不應該再見面！」

……

在公園裡的他，滿臉頹喪，痛苦地抓著自己的頭髮。

家庭、事業、聲譽、地位……一切都失去了它的比重，這一切都不是他最需要的。

……

突然，他笑了：

「愛情是性靈感受，婚姻只不過是社會的形式。

在婚姻我是完全失敗了。

但是感情上我是最後的勝利者！全面的勝利者！

從她！我夢寐所求的她……

我看到那濕潤的眼睛，已聽到那欲吐而吞的申訴！

是的！我聽見了，在心裡聽見了！

除了她的一片真情，我還企望什麼呢？」

……

他慢慢地走出新公園。

他覺得：生命從沒有像現在這麼充實！

似海師情

本來考上大學，不算是什麼了不起的事，但它卻轟動了這山谷裡的村莊。在我入學前夕，居然親友雲集，賀客盈門，像是辦一樁大喜事似的笑鬧一片。

壁上的掛鐘已經敲過了十一下，親友們都散了，屋內又恢復了寧靜安謐，我開始收拾狼藉的杯盤，爸爸卻一再地催我上床休息，接去我端在手裡的盤子，像哄一個三歲的孩子，用手搭著我的肩，帶我到臥房。父親微顫的聲音和慈愛的態度，又勾起了我淡淡的離愁，深深地體會到「剪不斷、理還亂、是離愁、別是一般滋味在心頭」的滋味。想到明天就要離鄉北上，不能朝夕在父親的身旁，不禁黯然神傷，但是我卻也捨不得放棄自己的學業，矛盾又在啃噬著我的心。

不久，父親又來了，儘管我沒有一點睡意，但我還是趕緊上了床。他走出室外，咔！的一聲，把電燈關上了。我胡亂地想了一陣，啊！是我稍大意，竟忘了關窗子，一道柔和的月光，不經我的邀請，就偷偷地從窗口爬進來，映在我行李上的竹影，正賣弄著風情。

多美麗的月夜！我悄悄地爬起來，驀然發現我行李上，放了一件毛線衣，我全身像觸了電，猛抓起這件童年的毛線衣。無疑的，是父親要我帶著它，我內心感到一陣愧疚，因為忙亂中我竟然忘了，忘了向我最敬愛的人辭行，我匆匆地披上外衣，拿著毛線衣悄悄地躡步走出房間，走向墓地。

月亮是那麼皎潔！秋蟲的悲鳴卻令人有點心寒，那饅頭般的墳墓排滿了山頭。在這裡，不知道埋沒了多少可歌可泣的故事，他們的事蹟已經被時間沖淡了它的光彩，漸漸地被匆忙的人們遺忘了。然而李老師的音容和往事！卻銘記在我的腦海，使我沒齒難忘。

× × ×

那一年的秋天，學校開學了，我勉勉強強的升上五年級，我帶了還是全本空白的暑假作業簿，懶洋洋地下山來，眼看同學們都成群結隊的，手拉手邊談邊笑，可是我孤零零的沒有人理我，我邊走邊踢著一顆卵形的石頭，朝著學校踢去。

校園裡洋溢著歡笑，但它並不屬於我的，我只是站在旁邊看別人遊戲，從別人有趣的動作，分享一些發自內心的微笑，但別人常指著我罵：「那傻子光會站在旁邊傻笑。」

那時，只見陳萬福蒙住眼睛在摸索抓人，正和一棵大王椰子撞個滿懷，同學們都哈哈大笑，萬福解下布巾，見我也笑得合不攏嘴，不覺老羞成怒，撿起石頭朝我打來，我猛不防備，被石頭打中了膝蓋，當我撿起一塊更大的石頭時，陳玲玲趕忙阻止我，把萬福責備了一番，拉著我參加他們的遊戲，但他們都不喜歡我，悻悻然地走開了，黃美華還狠狠地瞪我一眼，把小嘴鼓得尖尖的。

朝會時，校長發表了各班級的級任老師，我並不注意它，我用腳趾在地上畫一條魚，我認為誰教我都一樣，反正老師們都不喜歡我。

進了教室，大家都坐在以前的座位，嘰哩咕嚕地談論著，我在被人冷落的右後角，我旁邊的座位沒有人，前面是陳萬福，根本不理我，我只好拿起鉛筆描暑假作業簿的插圖，把它塗得一片片黑黑的。

忽然，全班鴉雀無聲，抬頭一看，只見一位年輕美麗的女老師站在教室門口，她的面龐是我所陌生的。行禮以後，我就沒有理她，繼續描我的畫，她一直向我們訓話，我也不知道她到底講了些什麼。突然，有兩個手指抓住了我鉛筆的上端，我立刻警覺到這是怎麼一回事，趕緊把鉛筆捏緊，擺開老師的手，本能的舉起胳膊抵住面頰。奇怪的是：這位新老師並沒有打我兩記熱辣辣的耳光，也沒有責罵我，卻微笑離開了。

下課後，我經過花園，看見一株很小的雞冠花，枝頭上卻綻開一朵鮮艷的紅花，美極了！我把它拔起來，不巧被班長黃美華看見了，糾合了許多同學，把我手中的花株搶了過去，放在老師的講桌上。

上課了老師滿面含笑的走進教室，但桌上的花朵，像一陣風把她的笑容吹散了。她拿起雞冠花輕輕地說：「是誰拔來的？」美華立刻站起來控告我，陳萬福也不甘寂寞的告我一狀：「老師！他很會偷人家的東西，上學期偷走我的剪刀。」老師撫弄著雞冠花，沈吟了片刻，柔和地說：「林豐陽！你站起來，你採這株花是送我做見面的禮物嗎？」我無可奈何地點頭。老師又接著說：「不過花兒在花園裡可以讓全校的老師和小朋友欣賞，總比讓我一個人享受來得有價值，你知道不知道我的意思？」我又默默地點頭。她接著向全班說：「林同學的用意本來很好，只是事先沒有好好地想一想，從今天起，大家都是高年級的學生了，應該給弟弟妹妹做個好榜樣，不但要努力用功，做事還要先考慮一下，該不該做？」老師又轉向我：「林豐陽！你是個好孩子，以後一定能照我的話去做，是不是？」撒謊本是我拿手的好戲，但是這一次，老師並沒有給我說謊的機會，卻為我編造了美麗的謊言，還褒獎我，使我一反常態，羞澀地低下頭來，我不敢看同學們，他們一定翻著白眼瞅我，而我內心卻是一陣快樂的激動，這是我從沒有過的。

記得我以前曾經學別人做老師喜歡的事，想博得老師的歡心，但我都失敗了，老師不但不誇獎我，反而用「笨驢學哈巴狗」的寓言來諷罵我。如今我做了壞事，不但不打我，還說我是個好孩子，真使我受寵若驚，我開始胡思亂想起來，老師再說些什麼我都不知道。

突然全班都包起書包到教室外面，我也跟著出去排隊，我向來是排最後一個，老師走過來，為我理一理領子說：「回去以後要媽媽把衣服洗一洗，釦子掉了把它縫起來。」我茫然地點點頭。天曉得母親早在六年前拋棄了我，永眠地下，一提母親，我就嚮往那段溫馨的生活。

老師帶我插在隊伍的中間，排好以後，魚貫地進入教室，依次坐下。我們是排男女同桌，鄰坐的胡秋雲卻哭起來，老師撫著她的頭，問她為什麼哭？她沒有回答。美華站起來說：「老師！一定是她不願意和林豐陽坐在一起。」班長一發難，全班群起而攻，教室哄然，高武昭發了第二砲：「上學期他曾經坐在沈美娟的後面，寫字課時他沒有文具，偷別人的筆在她的衣服上畫一隻烏龜。」

「以前林銘德坐在他的前面，他乘林銘德站起來讀書的時候把椅子拿開，害林銘德的頭碰到桌子，屁股坐到林豐陽的一口痰。」廖隆雄說完，全班哄然大笑。

「他會打人！他會偷人家的東西。」

「他天天做壞事，天天被老師打，他都不哭。」

「他是牛皮嘛！老師還叫他大騙子。」

「老師說他是說謊專家，都不理他，讓他坐最後面。」

「哼！誰願意和他坐？身體很臭，衣服又髒。」

「他代辦費不繳，課題不寫。」

「他爸爸是賭棍，是醉漢，會打人，都不管他。」

「……」

「……」

我默不作聲，只看見老師鎖緊眉頭，神情有點兒緊張。她擺擺手，等大家靜下來的時候，笑容可掬地說：「那是以前的事，現在他已經變好了，你們看！他不是坐得頂好嗎？」一百多隻眼睛，以不屑的神色，投到我的臉上，不知道從哪裡來的一股熱氣，湧到我的頭部，我想我的臉一定紅得發紫，尤其耳朵簡直熱熟了。記得以前，老師罰我，即使連窗戶都擠滿了看熱鬧的同學，我還是不在乎，老師曾說我臉皮厚，機關槍打不過，但從那天起我臉皮似乎格外的薄了。

從此我覺得有一個責任，我要保持老師對我的好印象，做到她預先為我誇獎的程度，我不再做一些我知道不應該做的事。我敬愛我的老師，我希望時常伴在她的身邊，即使是星期例假，我也要到學校去，躲在一個角落裡，偷偷的看她，瞧見了她的身影，我內心就充滿了快樂。假使她不在學校，我便感到十分惆悵，或無端的憂慮起來，甚至想痛哭一場。以前我喜歡假日，我可以痛痛快快地玩，但從那時起，我開始嫌惡它，我覺得教室才充滿了生趣，才能使我得到快樂。

從那天起，我沒有缺過課題，即使是暴風雨的晚上，我也冒著風雨跑下山，到陳玲玲的家去完成這一天的功課。玲玲是班上最溫順最美麗的女孩，她功課很好，而且一向是班上唯一同情我的人，所以老師指定她坐在我旁邊，規勸我、指導我。因為那時家裡既沒電燈，也沒有油燈，所以都在她家做功課。她大我一歲，除了我不肯叫她姊姊以外，我什麼都依她，她老是叫我林弟弟，並且很疼我。

老師很疼愛我，常叫我到黑板寫字或演算。錯了，她會很耐心地啟導我；對了，他會在全班同學的面前誇獎我，勉勵我。玲玲還會俏皮地拍我肩膀：「這才不愧是我的好弟弟。」

李老師被我極端的敬愛著，她雖然那麼和藹可親，但我在她的面前卻始終是懦怯的，有時我會像負了一筆債似地難過，因為許多同學常帶了一些東西送給老師，來表示他們衷心的敬意，唯有我承受老師的關照最多，而無法報答老師的恩惠。

老師告訴過我們：「最使老師高興的是你們能夠聽話，能得到優良的成績，這也是報答老師最高的禮物。」我很聽話，因此成績也日新月異的進步著，本來我是倒數第五名，第一次月考進到第二十名，第二次月考就入十名之圍而得第八，我的進步使全班感到驚異，也因此使同學們改變了以前對我的態度。

我的進步和老師的疼愛，也引起了不少同學的嫉妒。有一次上美術課，老師照例把美術紙分給我，這次我不再推辭，把紙接過來，陳萬福馬上提出抗議：「老師！您一直說林豐陽遲早會把代辦費繳來，現在學期已經過去一半以上了，他還不繳，都用了我們的東西，那怎麼行？」有些同學附和起來：「是啊！以前的老師都不發給他東西，要不然我以後也不繳。」我紅著臉把紙繳給老師，祇見老師皺著眉頭，面帶慍色，後來她笑了，用手撫著我的頭向大家說：「我沒有猜錯，要不是你們提起我倒忘了，他的爸爸昨天就把錢繳清了。」然後對我說：「等一下到辦公室領收據和學用品。」

我半信半疑的領了許多學用品，還比別人多了一盒十六色的水彩，啊！這正是我在「我最希望有的一件東西」的作文上所寫的。老師說是爸爸託她買的，我不禁雀躍起來。老師問我：「昨天早上六點半鐘的時候，你怎麼不在家？」

「啊！」我不禁失聲叫起來：「老師！您到我家去了嗎？那時我在山頂上讀書。」

對！對！一定是昨天老師去了，爸爸把錢繳給她。老師眼睛出神的望著窗外說：「那你上學以前沒有再回去一趟嗎？」

「沒有！我每天六點半以前就背書包出來了。」

「昨天晚上你爸爸呢！」

「他昨晚沒有回來。」

老師突然把臉側向牆壁，輕輕地說：「你很用功，我真高興，你現在回教室去吧！」

我茫然的回到教室。回家以後也不敢問爸爸，因為他每天很晚才醉醺醺的回來，甚至連著幾天都看不見他。他早上都很晚才起床，發紅的眼睛，閃爍著可怕的光芒，我看見他就發抖。從領學用品那天起，雖然他依然打我踢我，但我覺得父親畢竟是愛我的。我看到他流著口水，僵直的躺在床上，那半睜的眼睛充滿紅色的血絲，我不再害怕，只覺得他很可憐。

我把老師送給我的菜苗，在屋後的空地種植起來，叔叔也改變了對我的態度，也偶而叫我去吃飯，免得自己煮或常常挨餓，我覺得一切都在變，而且都變好了，我快樂得像童話裡的王子。

秋天很快地過去，天氣變冷了，我把三件破舊的衣服都加在身上，不敢脫下來洗，同時小溪的水太冷了，我也不敢再去洗澡，於是又恢復了以前的鬼樣子，因此許多同學又開始嫌我太髒。有一天，寒流來襲，天氣奇冷，我仍然穿那三件破臭的衣服，凍得在教室裡發抖。有人去報告老師，說我太髒，老師叫我去，我只好紅著臉去給老師檢查，但老師只關切問我冷不冷？我的喉嚨好像哽住什麼東西，只覺得喉嚨發燒，眼睛發熱，眼前的老師也模糊了，我趕緊低下頭，淚水已滑過我的面頰，滴在作業簿上。只聽老師說：「晚上請你到我的宿舍來。」這是我第一次在老師和同學的面前流淚，同學們驚異的望著我。

晚上我懾懦地到了老師的宿舍，她帶我到浴室，浴缸裡已經放好了熱水，裡面掛了幾件新衣和棉衣，老師要我洗後穿上它。這是我有知以來，第一次浸在熱騰騰的浴缸裡，真有說不出的舒暢！使我忘卻置身在寒冷的冬天。洗完後，我還是穿了那幾件破衣，老師一再催我進去換，我始終不肯。老師笑盈盈地對我說：「傻孩子！那些衣服是上午你爸爸送來的。」我睜大了眼睛，搖搖頭表示不相信，她拉了隔壁方老師作證，因此我只好換了，她又把我的舊衣拿走，說是爸爸要我留下的，同時還加了一件毛線衣在我身上，也說是爸爸買的，我笑著說：「老師騙我！我認得這件毛線衣是老師每節下課時間織的，今天還看見您在織它。」老師笑了，這是我感受到最溫暖最祥和的笑容：「別傻了，毛線是你爸爸買的，只是我替你織的。」

當晚，皓月當空，老師以散步為理由，堅持要送我走一段路，她攜著我的手，我緊緊地握住她的手指，那無比的幸福感，和我從沒有過的安全感，突然充塞了全身。老師問我月亮美不美？我說我小時候曾經爬山要去抓月亮，她說我有詩人的幻想，那時我不知道什麼是詩人，只認為是一個偉大的人物，我很高興。我想說：「其實老師比月亮更美」，但我不敢說出來。

到了山腳下，我仰望著老師說：「老師！我也很喜歡散步，我送您回去！」她噗嗤的笑了，雙手抵著我的面頰說：「傻孩子！我送你回去，你又送我，送來送去送到什麼時候？」我自己爬上小山，回家後，我決定向爸爸道謝，但他一夜都沒有回來。第二天音樂課教「遊子吟」，老師講解了歌詞，闡述母愛的偉大，我的情感又激動起來，我不知道是悲是喜，燙人的熱淚從面頰簌簌地滾下來，我攤開紙寫著：「老師！我已經失去了母愛，但是您給了我這種偉大的愛，您的手中線，成了我的身上衣，我太久沒有叫媽媽了，讓我叫您千萬次的媽媽吧！媽媽！媽……」老師走過來，我伏在桌子上無端的啜泣著。

放學時，老師要我把算術簿送到宿舍。進了門，她把簿子接過去，又將我的舊衣遞給我，破的領子已經縫好，鈕子也補好了，洗得乾乾淨淨，祇是還有點濕潤。我連謝謝都說不出，只是癡癡的望著她，真想叫一聲媽媽，她似乎看透了我的心，撫著我的頭說：「孩子，就把我當做姊姊好啦！」

晚上，我睡得特別甜蜜。第二天起得很早，屋內還有點昏暗，我懵懂地被一張橫倒在門檻的椅子所絆倒，手中的碗盤「嘩啦！」摔在地上。這時本該熟睡的爸爸，卻一骨碌地從床上爬起來，猛抓我的衣領，狠狠地打我一記耳光，高聲罵道：「眼瞎了嗎？」我嚇得不敢動，他又聲色俱厲的說：「我還得問你：誰允許你叔叔在屋後種菜？你怎麼沒有告訴我？」不等我回答，又來一掌，我臉一側，祇覺鼻子麻了，從鼻腔流出兩股熱流，汩汩地流過我的上唇。

父親楞了一下，匆匆地把我拉出屋外，端了一盆水要我把水吸進鼻腔，然後要我仰著頭，把濕毛巾放在我的上額，同時還為我拭去衣服的血漬。突然，他失聲地叫起來，搜我的衣服，拿出我兩次月考的成績單，然後問我：「你穿的衣服是從哪兒來的？」我不覺一怔，呆了半晌，取下毛巾緩緩地說：「爸！不都是您買的嗎？」這時，我發現他雖然眼睛也發紅，但沒有往日的酒腥氣味，他很驚訝的問：「誰說的。」

「老師，都是老師拿給我的。」我急促地說：「老師說您已經為我繳代辦費、買水彩、還有……」

「唔！」爸爸支吾半晌，祇見他凝望著東邊的紅雲，好像在回憶著沈痛的往事，眼裡露出悽涼的光芒。

「她不是在一天早上來過了嗎？您把……您把代辦費繳了，不是嗎？」我拉著他的手，迫不及待地搖動著。

「沒有，那天她被我罵走了，那時我還說要禁止你上學……」這時，他仍然出神的望著紅雲，眼睛已經濕潤了，手在顫抖著，聲音是那麼低微。他沒有掙脫我的手，反而緊緊地握著我的手，把我拉入懷裡抱起來，面頰抵著面頰，在他的淚光裡，充滿了慈祥的光輝，這時的我，也變得聰明了，恍如大夢初醒，抱住爸爸的頭，把面頰抵得緊緊的……許久許久，面頰覺得一片冰冷，也不知道臉上是留著誰的淚了。

我感激昨晚和爸爸聚賭贏錢的賭徒，我感激不讓爸爸掛賬的酒店老闆，我也感激上天的安排，父親會生氣地把椅子摔在檻門。父親像抱嬰兒一般的擁緊著我，像哄幼兒似的告訴我許多話。

當我跑到學校，早自習已經快要結束了，看到老師，我好像受了很大的委屈，不由得嚎啕大哭起來。老師把我帶進宿舍，她沒說什麼，拿了兩只香蕉放在我的腿上，然後靜悄悄地走出房間。我無心吃香蕉，拿出紙和鉛筆寫著：「老師：請原諒我和我父親！」內心是那麼激動，竟不知道要怎樣接下去，索性就伏在桌上盡情的嚎哭吧！

在不知不覺中我被搖醒，大概是我哭倦睡著了吧，老師微笑的望著我，我因睡後初醒，把剛才的事忘了，所以也回報羞澀的一笑，又本能地抓住快從膝蓋滑落的香蕉，使我想起剛才的事，因此我頹喪的低下頭，老師把雙手搭在我肩上，像要擁抱我的樣子，然後笑盈盈的告訴我：「我原諒你們，以前的事別提了。你這次月考得第三名，你的爸爸剛才來了，他說他從今天起要做一個好爸爸，好好地照顧你。豐陽：我恭喜你！」

我不禁投入她的懷裡，緊緊地抱住她，有了愛的滋潤，眼淚也充裕起來，不禁奪眶而出，她的手撫著我的頭髮，突然有一滴水滴到我的後頸，我十分驚異，仰望著她微俯的臉，祇見她口角仍掛著微笑，眼睛水汪汪的像兩顆反光的珍珠，我呆住了。

冬天過去了，接著來的是可愛的春天，老師常帶我們去郊遊，去爬山採集自然標本，我們快樂得像高枝的小鳥，像得水的游魚，一顆心正像春天的花在怒放著。但不幸的事情卻在這時發生了。

那是四月十五日的早上，我很早就到學校，劉老師正走在我的前面，只見方老師匆匆忙忙的迎面走來，忽然停下卻步說：「劉老師！李慧蓉老師死了！」

「啊！是怎麼一回事兒？」劉老師驚叫起來，我真不敢相信自己的耳朵，然而我的腳卻酥軟了。

只聽方老師用微顫的聲音，悲慟的敘述著：「昨晚她到辦公室拿作文簿要回宿舍批改，不知道被什麼蛇咬傷了，找張醫師又不在，她一直說不痛沒有關係，我們就幫她包紮傷口，不久她就睡了，那裡知道早上就死在床上。」

我說不出那時是一種什麼樣的心情，有一股赴湯蹈火的衝勁兒，我不顧任何人的攔阻，直衝到老師的屍旁，握著她冰冷的手，她口角依然帶著一絲微笑、只是眼睛已經輕輕的閉上，好像睡著了，睡得那麼安詳，像廟堂裡的菩薩、像畫像中的聖母，是那麼聖潔！我的嘴唇在發抖，我的四肢已麻木，腦子變得那麼空虛……

升旗的時候，校長沈痛的報告這件噩耗，同學們竟由啜泣而放聲大哭，惹得老師們都掏出了手帕。進了教室，我們沒有理會許多老師再三的勸告，都伏在桌子上縱情大哭，情緒激昂，像在抗議似的。中午大家賴在教室，不肯吃飯，許多帶飯的同學，把飯倒在桌子底下，用腳踐踏它，我們在生誰的氣？在向誰抗議？我們也不知道，大概是向老天爺吧！

我們把當天帶來要繳的勞作品——舊燈泡製成的小花瓶，摔得滿地都是，下午黃美華拿了作文簿發給大家，她率先把作文簿撕了，大家想起老師為作文簿而死，於是一個又一個，全班五十多人都把作文簿撕得粉碎，散在地上踩它、踢它……因為我們大多是裸足的，踏到燈泡的碎片，腳都流血了，但沒有人去敷藥，把血塗在作文簿的碎片上，最怕痛的陳玲玲也讓血汩汩地流出來，我覺得大量的流血，甚至自殺，才能宣洩這積鬱的憤怒。

告別式中，有本班的合唱，我們在老師所教的歌曲中選了三首，是：「驪歌」、「遊子吟」、「馬撒永眠黃泉下」，我們獲得方老師的幫助，把歌詞改易了幾個字。這次由我擔任指揮，開始前，我眼前的景物早已一片模糊，「驪歌」在生離中歌唱已夠哀怨，何況在死別，怎不令人斷腸？「遊子吟」我們用鼻音哼著，只見許多紅腫的眼睛，都噙滿淚水，有的更開始抽噎起來，我的指揮捧不由得從手中滑落……

「環繞校園四面八方，我們悲歌響亮。
鳥兒無知不解人意，卻反嬌聲喜日長，
草兒青青黃土一坏，將長著紫藤花，
聽！四野悽風，悲歌動塵沙，
所有學生都在哀泣，老師永眠黃泉下。」
「……
可憐老師撒手西歸，入目悽惻心難忍，
……
……」
「老師使我們都愛她，像仁慈的母親，
現在我們悲泣泣念她，傷心把我們丟下，
想起李老師的音容，淚珠如雨下，
沒法遣走我的悲哀，愁雲慘雨空悲唱！

聽！四野悽風，悲歌動塵沙，

所有學生都在哀慟，老師好好安眠吧！」

這首歌，正唱出了我們的心聲，唱出以前我們所唱不出的情調，是那麼悽惻！是那麼哀傷！同學們早已嗚咽地歌唱，聲音微微顫抖，和著鼻涕……

死者已矣，生者何堪？在場的人無不唏噓落淚，我似乎全身都麻了，扶著爸爸歇斯底里的飲泣著。

後來，老師的墳墓成了我們的花園，四周種滿了許多美麗的花，我們似乎從盛開的玫瑰，又看到老師的微笑，而我看到手植的雞冠花，就會憶起那幕令我尷尬而驚喜的情景。有了打死的雨傘節（毒蛇名，經人判斷，老師係被該種蛇所咬死。）我們不會錯過機會，把它當作祭品，有了快樂，我們會在墓前歡唱，有了委屈，我們會在墓前泣訴。

這已經是八年前的事了，那些感人的畫面，依然很清楚的烙印在我的心版，只要聽到李老師教過的歌曲，我立刻就想起她。尤其「遊子吟」，它每一個音符，都緊扣我的心弦，像一把銳利的刀，直刺我心靈的深處。

畢業後，每到清明節，同學們都不期而然的到這墓地，無形中成了我們定期的同學會。

但我們沒有娛樂的節目，大家都懷著哀悼心情而來，因此這自然形成的聚會，始終被悒鬱哀怨的氣氛籠罩著。

× × ×

毛線衣從我的手裡滑下去，「噗！」的掉在地上，我仍然木雞似的呆立在老師的墓前，只覺得面頰癢癢的，好像兩條小毛蟲從我的眼眶爬出來，很快爬過我的面頰，而嘴唇又在發抖，四肢也麻木了。

後記：這是三十九年前的少作，當時師範畢業，教了三年小學，將入大學深造，懷著別親離家的感傷而寫的。主角林豐陽，是我教過的兩個學生的混和。寫李老師之死，則是那時南投中興新村有一所小學，到南部參加音樂比賽，路上遇車禍，老師罹難，學生於告祭時合唱，十分感人。我將它揉合改編而成此作。當時缺乏創作經驗，為便於處理，以第一人稱自知觀點寫作，所以小說中的我，不是真實世界的我，真實的我，反而投射在小說中李老師的身上。本文於當時曾獲教育廳主辦學生文藝創作比賽，小說類大專組第二名。

三民叢刊書目

㉖	作家與作品	謝冰瑩著
㉗	冰瑩書信	謝冰瑩著
㉘	冰瑩遊記	謝冰瑩著
㉙	冰瑩憶往	謝冰瑩著
㉚	冰瑩懷舊	謝冰瑩著
㉛	與世界文壇對話	鄭樹森著
㉜	捉狂下的興嘆	南方朔著
㉝	猶記風吹水上鱗 ・錢穆與現代中國學術	余英時著
㉞	形象與言語 ・西方現代藝術評論文集	李明明著
㉟	紅學論集	潘重規著
㊱	憂鬱與狂熱	孫瑋芒著
㊲	黃昏過客	沙　究著
㊳	帶詩蹺課去	徐望雲著
㊴	走出銅像國	龔鵬程著
㊵	伴我半世紀的那把琴	鄧昌國著
㊶	深層思考與思考深層 ・轉型期國際政治的觀察	劉必榮著
㊷	瞬　間	周志文著
㊸	兩岸迷宮遊戲	楊　渡著
㊹	德國問題與歐洲秩序	彭滂沱著
㊺	文學關懷	李瑞騰著
㊻	未能忘情	劉紹銘著
㊼	發展路上艱難多	孫　震著
㊽	胡適叢論	周質平著
㊾	水與水神 ・中國的民俗與人文	王孝廉著
㊿	由英雄的人到人的泯滅 ・法國當代文學論集	金恆杰著
(51)	重商主義的窘境	賴建誠著
(52)	中國文化與現代變遷	余英時著
(53)	橡溪雜拾	思　果著
(54)	統一後的德國	郭恆鈺主編
(55)	愛廬談文學	黃永武著
(56)	南十字星座	呂大明著
(57)	重疊的足跡	韓　秀著
(58)	書鄉長短調	黃碧端著
(59)	愛情・仇恨・政治 ・漢姆雷特專論及其他	朱立民著

⑥⓪蝴蝶球傳奇　顏匯增著
・真實與虛構
⑥①文化啓示錄　南方朔著
⑥②日本這個國家　章　陸著
⑥③在沉寂與鼎沸之間　黃碧端著
⑥④民主與兩岸動向　余英時著
⑥⑤靈魂的按摩　劉紹銘著
⑥⑥迎向眾聲　向　陽著
・八〇年代臺灣文化情境觀察
⑥⑦蛻變中的臺灣經濟　于宗先著
⑥⑧從現代到當代　鄭樹森著
⑥⑨嚴肅的遊戲　楊錦郁著
・當代文藝訪談錄
⑦⓪甜鹹酸梅　向　明著
⑦①楓　香　黃國彬著
⑦②日本深層　齊　濤著
⑦③美麗的負荷　封德屏著
⑦④現代文明的隱者　周陽山著
⑦⑤煙火與噴泉　白　靈著

⑦⑥七十浮跡　項退結著
・生活體驗與思考
⑦⑦永恆的彩虹　小　民著
⑦⑧情繫一環　梁錫華著
⑦⑨遠山一抹　思　果著
⑧⓪尋找希望的星空　呂大明著
⑧①領養一株雲杉　黃文範著
⑧②浮世情懷　劉安諾著
⑧③天涯長青　趙淑俠著
⑧④文學札記　黃國彬著
⑧⑤訪草（第一卷）　陳冠學著
⑧⑥藍色的斷想　陳冠學著
・孤獨者隨想錄
A・B・C全卷
⑧⑦追不回的永恆　彭　歌著
⑧⑧紫水晶戒指　小　民著
⑧⑨心路的嬉逐　劉延湘著
⑨⓪情書外一章　韓　秀著
⑨①情到深處　簡　宛著
⑨②父女對話　陳冠學著

⑨③陳冲前傳　嚴歌苓著
⑨④面壁笑人類　祖　慰著
⑨⑤不老的詩心　夏鐵肩著
⑨⑥雲霧之國　合山　究著
⑨⑦北京城不是一天造成的　喜　樂著
⑨⑧兩城憶往　楊孔鑫著
⑨⑨詩情與俠骨　莊　因著
⑩⓪文化脈動　張　錯著
⑩①桑樹下　繆天華著
⑩②牛頓來訪　石家興著
⑩③深情回眸　鮑曉暉著
⑩④新詩補給站　渡　也著
⑩⑤鳳凰遊　李元洛著
⑩⑥文學人語　高大鵬著
⑩⑦養狗政治學　鄭赤琰著
⑩⑧烟　塵　姜　穆著
⑩⑨河　宴　鍾怡雯著
⑪⓪滬上春秋　章念馳著
⑪①愛廬談心事　黃永武著
⑪②吹不散的人影　高大鵬著
⑪③草鞋權貴　嚴歌苓著
⑪④是我們改變了世界　張　放著
⑪⑤夢裡有隻小小船　夏小舟著
⑪⑥狂歡與破碎　林幸謙著
⑪⑦哲學思考漫步　劉述先著
⑪⑧說　涼　水　晶著
⑪⑨紅樓鐘聲　王熙元著
⑫⓪寒冬聽天方夜譚　保　真著
⑫①儒林新誌　周質平著
⑫②流水無歸程　白　樺著
⑫③偷窺天國　劉紹銘著
⑫④倒淌河　嚴歌苓著
⑫⑤尋覓畫家步履　陳其茂著
⑫⑥古典與現實之間　杜正勝著
⑫⑦釣魚臺畔過客　彭　歌著
⑫⑧古典到現代　張　健著
⑫⑨帶鞍的鹿　虹　影著
⑬⓪人文之旅　葉海煙著

131 生肖與童年　小民著　喜樂圖
132 京都一年　林文月著
133 山水與古典　林文月著
134 冬天黃昏的風笛　呂大明著
135 心靈的花朵　戚宜君著
136 親　戚　韓　秀著
137 清詞選講　葉嘉瑩著
138 迦陵談詞　葉嘉瑩著
139 神　樹　鄭　義著
140 琦君說童年　琦　君著
141 域外知音　張堂錡著
142 遠方的戰爭　鄭寶娟著
143 留著記憶・留著光　陳其茂著
144 滾滾遼河　紀　剛著
145 王禎和的小說世界　高全之著
146 永恆與現在　劉述先著
147 東方・西方　夏小舟著
148 嗚咽海　程明琤著
149 沙發椅的聯想　梅　新著
150 資訊爆炸的落塵　徐佳士著
151 沙漠裡的狼　白　樺著
152 風信子女郎　虹　影著
153 塵沙掠影　馬　遜著
154 飄泊的雲　莊　因著
155 和泉式部日記　林文月譯・圖
156 愛的美麗與哀愁　夏小舟著
157 黑　月　樊小玉著
158 流香溪　季　仲著
159 史記評賞　賴漢屏著
160 文學靈魂的閱讀　張堂錡著
161 抒情時代　鄭寶娟著
162 九十九朵曇花　何修仁著
163 說故事的人　彭　歌著
164 日本原形　齊　濤著
165 從張愛玲到林懷民　高全之著
166 莎士比亞識字不多?　陳冠學著
167 情思・情絲　龔　華著

168 說吧，房間　林白著
169 自由鳥　鄭義著
170 魚川讀詩　梅新著
171 好詩共欣賞　葉嘉瑩著
172 永不磨滅的愛　楊秋生著
173 晴空星月　馬遜著
174 風景　韓秀著
175 談歷史　話教學　張元著
176 兩極紀實　位夢華著
177 遙遠的歌　夏小舟著
178 時間的通道　簡宛著
179 燃燒的眼睛　簡宛著
180 月兒彎彎照美洲　李靜平著
181 愛廬談諺詩　黃永武著
182 劉真傳　黃守誠著
183 天涯縱橫　位夢華著
184 新詩論　許世旭著
185 天讚　張放著
186 綠野仙蹤與中國　賴建誠著

187 標題飆題　馬西屏著
188 詩與情　黃永武著
189 鹿夢　康正果著
190 蝴蝶涅槃　海男著
191 半洋隨筆　林培瑞著
192 沈從文的文學世界　王繼志　陳龍著
193 送一朵花給您　簡宛著
194 波西米亞樓　嚴歌苓著
195 化妝時代　陳家橋著
196 寶島曼波　李靜平著
197 只要我和你　夏小舟著
198 銀色的玻璃人　海男著
199 小歷史　林富士著
200 再回首　鄭寶娟著
201 舊時月色　張堂錡著
202 進化神話第一部
・駁達爾文《物種起源》　陳冠學著

203 大話小說

莊因 著

作者以其亦莊亦諧的筆調，探觸華人世界的生活百態，這其中有憶往記遊、有典故，當然還有他所嗜好的飲食文化，綜觀全書，不時見他出入人群，議論時事，批評時弊，本著知識份子的良知良行，期待著中國人有「說大話而不臉紅的一天」。

204 人禍

彭道誠 著

太平天國起義是近代不容忽視的歷史事件，他們主張男女平等，要解百姓倒懸之苦。而戰無不勝勢如破竹的天朝，卻在攻下半壁江山後短短幾年由盛而衰，終為曾國藩所敗，何以有此劇變？讀者可從據史實改編的本書中發現端倪。

205 殘片

董懿娜 著

讀董懿娜的小說就像凝視一朵朵淒美的燭光。她筆下的女主人翁大都是敏感又聰明的人物，明明知道等待著她的是絕望，她還要希望。而她們的命運遭遇，會讓人覺得曾經在塵世間匆匆一瞥。本書就在作者獨特細緻的筆觸下，編排著夢一般的真實。

206 陽雀王國

白樺 著

中國施行共產主義，在政治、文化、生活作了種種革新，人民在一波波浪潮衝擊下，徘徊新舊之間。本書文字自然流暢，以一篇篇小說寫出時代轉變下豐富的眾生相，可喜、可憎、可愛的人生際遇，反應當時社會背景，讀之，令人動容。

207
懸崖之約
海男 著

「男人與女人在此約會中的故事，貫穿著一個幸運的結局和另一個戲劇的結局」。一個患腦癌的四十歲女子，她要在去天堂之前去訪問記憶中銘心刻骨的每一個朋友，也許是密友、情人、前夫，她的生活因為有了昨日的記憶，將展開一段不同的旅程。

208
神交者說
虹影 著

人的情感總是同時交雜著出現，很難只用喜悅、悲傷、恐懼等單純詞語完整表達。而本書作者細緻地記述回憶或現實的片段，藉以呈現許多情況下（如養父過世，或只是邂逅陌生人等）人複雜多變的感覺，使讀者能自然地了解書中的情境與人物的感受。

209
海天漫筆
莊因 著

或「拍案叫好」或「心有戚戚」或「捫心自思」，作者以其多年旅居海外經驗，與自身文化激盪的心得，發為一篇篇散文，不但將中華文化精萃發揚，亦介紹西方生活的真善美。且看「海」的那片「天」空下，作者浪「漫」的妙「筆」！

210
情悟，天地寬
張純瑛 著

本書乃集結作者旅居美國多年來的文章，娓娓細述遊子之情。其文字洗鍊，生動感人，處處展現羈旅之心與赤子之情。作者雖從事電腦業，但文章風格清新雋永。值得你我風簷展讀，再三品味，從中探索「情」之真諦！

215
冰河的超越
葉維廉　著

詩人在新生的冰河灣初次與壯麗的冰河群相遇，面對這無言獨化、宇宙偉大的運作，面對「雪疊著雪雪疊著雪疊著永不溶解的雪／緩緩地積壓著／冰晶冰層冰箔相連覆蓋九萬餘里」的景象，喜悅、震撼、思涉千載而激盪出澎湃磅礴的——冰河的超越。

216
庚辰雕龍
簡宗梧　著

基於寫作興趣就讀中文系，卻因教學職責的召喚，不得不放緩文學創作的腳步。本書作為政大簡宗梧教授創作成果的集結，不僅可讓讀者粗識簡教授於教學及研究著績外的創作成果，也將是記誌簡教授今後創作「臺灣賦」系列作品的一個始點。

217
莊因詩畫
莊因　著

因心儀進而仿效豐子愷漫畫令人會心的幽默與趣味，作者基於同樣對世間生命萬物寬厚博大的關注與愛心，以他罕為人知的「第三枝筆」，畫出現今生活於你我四周真實人物的喜怒哀樂，並附以詩文，為傳統的中國詩畫注入了全新的生命。

218
換了頭抑或換了身體
張德寧　著

換了頭抑或換了身體？當器官移植技術發達到可以更換整個身軀時，我們要擔心的是生理上的排斥或心理上的抗拒？該為人類創造的奇蹟喝采還是為扭曲了人的靈魂而付出代價？藉作者精心的布局與對人深刻的觀察，我們將探觸心裡未曾到達的角落。

219

黥首之後

朱暉 著

政治上成分的因素，他曾前後被抄三次家，父母也先後被送入囹圄和下放勞改。他嚐盡世間的殘酷悲涼，看透人性的醜陋自私，但外在的折磨越狠越兇，內裡的親情就越密越濃。人性中最陰暗齷齪的一面與最光明燦爛的一面，都在這裡。

220

生命風景

張堂錡 著

每個人的故事，如同璀璨的風景，綻放動人的面貌。透過作者富含情感的筆觸，引領出成功背後的奮鬥歷程。文中所提事物，與我們成長經驗如此貼近，讓人油然而生「心有戚戚焉」之感。他們見證歷史，也予我們許多值得省思與仿效的地方。

221

在綠茵與鳥鳴之間

鄭寶娟 著

不論是走訪歐洲歷史遺跡有感，或抒發旅法思鄉情懷，抑或中西文化激盪的心得，作者以其一貫獨特的思考與審美觀，發為數十篇散文，澄清的文字、犀利的文筆中，流露著一種靈秘的詩情與浪漫的氣氛，讓讀者在綠茵與鳥鳴之間享受有深度的文化饗宴。

國家圖書館出版品預行編目資料

庚辰雕龍 ／ 簡宗梧著-- 初版.-- 臺北市：三民,
民89

冊；　公分.　--（三民叢刊；216）

ISBN　957-14-3287-3（平裝）

848.6　　　　　　　　　　89010399

網際網路位址　http://www.sanmin.com.tw

© 庚 辰 雕 龍

著作人　簡宗梧
發行人　劉振強
著作財產權人　三民書局股份有限公司
臺北市復興北路三八六號
發行所　三民書局股份有限公司
地址/臺北市復興北路三八六號
電話/二五〇〇六六〇〇
郵撥/〇〇〇九九九八——五號
印刷所　三民書局股份有限公司
門市部　復北店/臺北市復興北路三八六號
重南店/臺北市重慶南路一段六十一號
初版一刷　中華民國八十九年八月
編　號　S 85561
基本定價　肆元貳角
行政院新聞局登記證局版臺業字第〇二〇〇號

ISBN　957-14-3287-3（平裝）